U0369715

传记式虚构系列

张何之◎主编

Vies minuscules
微渺人生

Pierre Michon

［法］皮埃尔·米雄 著

田嘉伟 张何之 译

华东师范大学出版社

·上海·

华东师范大学出版社六点分社　策划

总　序

　　为人物立传自古有之,但传记(biographie)一词至十七世纪方才出现。它源于两个古希腊单词"βιos/bíos"(生活)和"γράφω/gráphô"(书写),指一种依据现实材料记述人物生平事迹的文学体裁。从《圣经》使徒行传、普鲁塔克的《希腊罗马名人传》至盛行于中世纪的圣徒传(hagiographie),尤其是《金色传奇》(Legenda aurea),纵观西方传记传统,值得"立传"的生活,乃是共同体中的辉煌"人生"。

　　古希腊人用两个不同的概念来谈论如今我们所说的生活或人生(vie):"βιos /bíos",指人的生活方式,谋生道路,在古希腊文本中,bíos 一词总伴随着对意义的评价出现,或为光辉的,胜利的,或为失败的,总之,那是一种个人或团体在其所处世界获得了政治/宗教意义的生活;另一个词是"ζωή/Zoé 或 zoï",指存活的朴素事实,与死亡相对。通过书写,帝王、英雄或圣人们的人名和事迹在他们死后被集体的记忆所铭记,同时也塑造并维系着集体的记忆。Bíos 的辉煌拯救了 zoé 的晦暗，而这一超越性的基础恰恰是人终有一死。传记与人生同构，拥有相同的既定结局，可以说，在传记中，是死亡令生活长存。

进入十九世纪，法国作家马塞尔·施沃布（Marcel Schwob）用一本《假想人生》（Vies imaginaires）轻轻敲动了传记传统的坚固建筑。如书题所示，二十二篇短篇人物小传不再以事实为唯一依据："传记作者，如同低阶天神，知道如何从芸芸众生之中挑选独具一格之人"（施沃布语）。"天神"（divinité）一词强调了文本的创造性，从此，虚构叙事逐渐入侵传记文体，引发了一场从二十世纪七十年代末开始盛行于法国文坛的传记书写新浪潮：传记式虚构（fictions biographiques）。

不同于传统传记，传记式虚构拒绝了实证主义的遗产，不再力求客观地还原人物生平，转而以"人生"（vies）为体，借助虚构之力，主观地把握传记人物的生活，书写的对象也从名人扩展到普通人。这样的书写承认自身与历史书写的距离，主张向历史讨回"记忆"，而这记忆必然是不完整且主观的。

七十年代末八十年代初的好几部作品彰显了这种新

型传记的想象力:克洛德·路易-孔贝(Claude Louis-Combet)的《马里努斯与玛丽娜》(*Marinus et Marina*)(1979年由弗拉马里翁出版社出版)将五世纪生活在比提尼亚的一位年轻基督徒的传奇传记与作者的精神之旅交织在一起;皮埃尔·米雄(Pierre Michon)的《微渺人生》(*Vies minuscules*)(1984年由伽利玛出版社出版)可谓传记式虚构的奠基之作,作者通过书写他遇到的卑微人物而完成了一种倾斜的、隐秘的精神自传;同年,帕斯卡·基尼亚尔(Pascal Guignard)出版了一本虚构的罗马贵族日记《阿普罗尼亚·阿维蒂亚的黄杨木板》(*Les Tablettes de buis d'Apronenia Avitia*);1991年,热拉尔·马瑟(Gerard Macé)的《前世》(*Vies antérieures*)面世……

1989年,让-贝特朗·庞塔利斯(Jean-Bertrand Pontalis, 1924—2013)开始在伽利玛出版社主编"自我与他者"(L'Un et l'Autre)系列丛书,推动了传记式虚构作为一种文体的确立和发展。丛书对以"人生"为体裁的书写提出了明确的主张:

一段段人生(vies),却像是记忆的发明,想象将其重塑,激情为之赋灵。主观的叙述,与传统传记相距甚远。

自我与他者:作者和他隐秘的主人公,画家和他的模特。他们之间,有一种亲密而牢固的纽带。在他者的肖像和自画像之间,何处才是界限?

众多自我与他者:有占据舞台中央、光芒四射之人,也有只出现在我们内心场景中的人,一个个人物或地点,一张张被遗忘的面孔,被抹去的名字,消逝的形象。

"记忆""发明"了"人生","他者"描绘着"自我"。这些看似矛盾的概念反映了传记式虚构的特点:它处在变动不居的文体边界上。在小说与叙事之间,自传与传记之间,回响着散文之声。此种模糊性逐渐成为其特色,写作者将不同类型的写作材料揉杂在一起,在事实与虚构的边界反复摸索,来回跳跃。原本仅仅作为文本外部指涉和参考的现实,如今重回文学,成为新型的文学材料。这种材料与视角的不断切换,令传记人物的生命在多重镜像的相互照映下变得深邃,却也断裂,呈现出罗兰·巴特(Roland Barthes)笔下"传记素"(biographème)那种原子式的、流动的特征。同时，这类写作强调了书写主体与传记主人公之间的亲密关系，作者通过把握主人公的人生，迂回地把握自我。如是，在"主体"被结构主义和新批评宣布死刑之后，传记式虚构为作者们提供了一种既可以言说"自我"和"人物"，又不至于落入"客观性"陷阱的方式，通过引入现实，它克服了先锋文学那种局限于纯粹文本游戏的相对主义，重拾文学的"及物性"。此一浪潮发展至今，可以说，在法国，几乎所有的文学形式，从随笔到诗歌，都被一种"传记式的意图"入侵。

从辉煌的"生活/bios"到亲密的"人生/vie"，后者隐藏着一种人类学式的、重建的野心。在认识论揭秘了政治话语与历史书写其虚构本质的今天，传记式虚构为历史提供了可替换的版本，另一种可能性。在"文学"这一概念的庇护下，在文体糅杂所提供的自由空间中，传记式虚构将历史人物、现实人物转变为具有一定虚构视角的人物，重建被共同体记忆所遗忘的生活和细节。圣徒与帝王，寂寂无名之辈，"声名狼藉之人"（福柯，1977），他们都曾是人生的主体，传记书写将可能的现实和话语交还给他们，在"人生"的句法内重新找回生命的平等性。不再是意义的光辉照亮了众人，而是生命的幽暗本身浮现，构成一种言说诱惑。本套丛书收录的作家与作品，正是传记式虚构的一些代表，他们以各自的方式建立文本，抵抗缺席，抵抗形象的消逝。

张何之

2024 年 5 月 30 日于巴黎

他认为,恰恰是因为不幸,那些小人物才更为真实。

——安德烈·苏亚雷斯

目　录

安德烈·杜孚尔诺传

　　来谈谈我那些抱负是从何而来的吧。

　　我会不会有位祖先曾是英俊的上尉、年轻傲慢的掌旗官或沉默粗暴的黑奴贩子？在东苏伊士，我会不会有个回归野蛮生活的舅舅，戴着软木头盔，身穿长条马裤，满脸风霜？他本是平庸的小人物，家族的小字辈却情愿拥护他，离经叛道的诗人，以及所有功成名就、阴沉多疑、历经世事的声名狼藉之辈，他们都是族谱上的黑珍珠。我会不会有个祖先曾是殖民或航海先行者？

　　我要说的外省没有海岸、沙滩和暗礁；从远方吹来的西风经过栗树林上方时，其中的盐分已所剩无几，不论是激昂的马鲁恩人还是高蹈的摩戈人都没听过大海的呼唤。尽管如此，还是有两个男人，他们都熟悉栗树林，或许都在这里躲过雨，有过爱，至少发过梦，他们曾在不同的树下干过活、吃过苦，有梦难圆，可能都还爱着，或只是死去。人们对我讲起其中一个，我却想起另一个。

　　一九四七年的某个夏日，母亲把我抱在臂弯中，在卡兹①的那棵大栗子树下，通往镇上的国道豁然出现在眼前，它此前一直被猪圈围墙、榛树林和阴影挡着；天气晴好，母亲大概穿了一条轻薄的裙衫，我咿咿呀呀地轻唤；国道上，母亲的影子后跟着个陌生男子；他停住，凝望，他很激动；母亲微微颤抖，在白日清新的响动中，不同寻常之事悬着它的延长音。最终，男人向前一步，介绍自己。他就是安德烈·杜孚尔诺。

后来，他说他在我身上认出了我母亲的样子，当年他离乡时的那个小姑娘，一样的稚嫩，一样的柔弱。三十年了，树还是那棵树，孩子却是另一个孩子。

多年以前，我外婆的父母曾向公立救助局申请领养一个孤儿，帮衬他们干农活，这在当时很常见，还没有那种虚情假意的狡猾骗局，打着保护儿童的幌子，递给父母们一面谄媚、腻人又奢侈的哈哈镜；孩子只要有的吃，有的住，在与长辈的相处中学些必要的生存之术就够了；剩下的，幼小的年纪自会弥补缺失的柔情，缓解寒冷与疼痛，荞麦薄饼、良夜和面包般香醇的空气自会减轻工作的辛劳。

---

① 法国西南部克勒兹省的村庄，作者的出生地。（本书脚注均为译注）

2

他们给曾祖父母送来了安德烈·杜孚尔诺。我乐于相信，他在十月或十二月的某个夜晚到来，全身被雨水淋透，耳朵在凛冽的风霜中冻得通红；平生第一次，他的双脚踏上了这条他今后将永不踏足的道路；他看着树木、牲口棚、地平线勾勒出的天空、门；他看着灯下的几张新面孔，惊讶或激动，微笑或冷漠；我们不知道当时他在想什么。他坐下，喝汤。他一待就是十年。

我外婆一九一〇年结婚的时候还是个年轻姑娘。她喜欢这孩子，一定会用我熟悉的那种细致入微呵护他，她调和了带他下地干活的男人身上的粗鲁。这孩子没上过学，往后也不会上。她教他读书写字（我想象一个冬夜；一身黑裙的农村姑娘拉开吱呀作响的碗橱门，从高处取下一个小笔记本，"安德烈练习簿"，在洗过手的孩子身旁坐下。在充斥着方言的家长里短中，一个声音高贵地响起，音调提高，尽力用更丰富的音色吐出更丰富的词汇。孩子听着，跟着读，一开始还畏畏缩缩，渐渐就自得其乐。他还不知道，对于他这个阶层，这种出身，生来就更贴近土地也更容易跌回土地的人而言，华言美词带来的并不是高贵，而是对高贵的乡愁与渴望。他不再隶属当下，时间的盐分被稀释，在时时袭来的过往的极度苦闷中，未来站起身来，立刻开始奔跑。风吹动紫藤的枯枝，敲打着窗户；孩子受惊的目光在一张地图上游弋）。他不缺聪明劲儿，人们或许会说他"学得很快"；以前的农民往往出于常理和羞赧，将智力水平同社会阶级挂钩，我的祖先们，捕风捉影，为这个孩子身上与环境不符的特质编了一套他们认为更真实的故事：杜孚尔诺成了一个当地乡绅的私生子，这样一切都说得通了。

没人知道是否有人告诉过他这个假想的血统，它出自卑微之人不可动摇的社会现实感。不要紧：如果他知道，他会骄傲的，他会决意要回因杂种身份而被掠夺的不曾拥有的一切；如果他不知道，这个乡村孤儿会生出虚荣心，因为他是在含糊地尊重，在不寻常的看重下成长起来的，这一切因为他不明就里而显得更可贵。

我外婆结婚了；她比他大不了十岁，这也许会让青春期的杜孚尔诺备受煎熬。但要我说，我的外公快活好客，个性随和，是个平凡的农民；至于那个孩子，我应该听外婆说起过，是个有趣的家伙。两个年轻汉子或许很投缘，一个是黄胡子的快乐获胜者，另一个是还没长胡须、沉默的机遇窥伺者；一个是被女子选中的性急的中选者，另一个是静静等待被比女人更宏大的命运选中的紧张的候选人;一个肆意说笑,另一个等待命运赐予他说笑的时机;土捏的男人和铁打的男人①,互不消减彼此可敬的力量。我看见他们一起出门打猎;他们的呼吸跃动着然后被雾霭吞没,他们的身影消失在森林边缘;我听到他们站在春日的晨曦里磨刀,然后他们出发,所经之处草木倒下,草木的气味随着白昼渐浓,在日光下变得馥郁;我知道他们会在正午停下。我认得他们吃饭聊天时头顶的树,我听到他们的声音,但不理解其中意义。

不久一个女孩儿出生,战争来了,外公走了。四年间,杜孚尔诺长成了男人;他把女婴抱在怀里;跑去通知埃莉斯,邮差踏上了前往农场的路,带来菲利克斯一封封情真意切的信;夜里,借着灯,他想象在遥远省份,战斗的枪炮声荡平了一个个村庄,他为那些村庄起了光辉的名字,那里有成王与败寇,将军和士兵,有死去的战马和易守难攻的城池。一九一八年,菲利克斯回来了,带着德国的武器、一只海泡石烟斗、满脸皱纹和相比离开时更富饶的语汇。杜孚尔诺刚来得及听他说,就被征去服兵役了。

---

① 土捏的男人和铁打的男人(l'homme de terre et l'homme de fer)化用拉封丹的一句寓言诗《砂锅和铁锅》(le pot de terre et le pot de fer)。

他见识了一座城市，见识了官太太们登车时露出的脚踝；他听到年轻男子的胡须刮擦这些身穿绸缎、笑靥如花的美丽造物的耳朵，说的正是他从埃莉斯那学来的语言，但听起来却像另一种，因为他的同乡们认得的只是这种语言的残迹、回响和一点诡饰罢了。他认了，他只是个农民。我们不会知道他有多痛苦，在什么场合下他变得可笑，他用来麻痹自己的咖啡是哪一种。

他想学习，在服兵役期间能学多少学多少，他似乎做到了，因为他是个孩子，很能干，我外婆这么说。他搞到代数和地理课本，把它们塞进满是烟草味的军用背包，这可怜的年轻人；他翻开课本，尝到了无知者的愁滋味，了解到了发生在远方的暴动，而且，暗黑的炼金术一旦完成，灵性便在呼吸间照亮了永暗的精神，他领悟了钻石般高纯的自尊。是一个人、一本书，或者更诗意一些，一张贴在马苏港①的宣传海报向他揭示了非洲？哪个专区来的大话精，哪本掉在沙漠、落在林间无尽长河里的三流小说，哪张《风景杂志》②里的版画——画中闪

---

① 即马赛港，此为普罗旺斯方言。

② 法国一八三三年到一九三八年出版的一本双月刊大众杂志，内容涉及广泛，如百科全书。

闪发亮的高帽,同面孔一般黑,一般超自然,骄傲地映在一张张闪光的面孔上——在他眼中照亮了那片黑暗的大陆?他志在此地,只要认同上帝那句简练又傲慢的"全有或全无",与自我签订的幼稚盟约仍有望在此地完成它炫目的反击;正是在那里,他玩起了羊噶啦,打乱当地九柱戏的小木柱,头顶毒日,划开森林的胸膛,在一座座撒哈拉城池的土墙头上,用上百颗叮满苍蝇的野心家头颅打赌然后赌输,电光石火之间从袖中抽出三张老K,然后把象牙和乌木做成的老千骰子收进水牛皮袋;他穿着茜红裤,戴白头盔,消失在热带草原,一千个孩子迷失在他的行迹中。

安德烈志在非洲。虽然我知道事实并非如此,但当下我也会相信,召唤他的并不是财富这种粗俗的诱饵,而是命运女神反复无情的双手让他无条件投降;他从小就是孤儿,且俗不可耐,生来就干不了那种虔诚的蠢事儿,什么提升社会地位、劳筋骨饿体肤、努力才有回报云云。他像个信誓旦旦的酒鬼一样离开,落地生根。我是这样认为的。因为谈论他,就是谈谈我自己;而且我不反对他离开的主要动机,我猜那是:坚信一个农民可以在那里变成白人主子,而且,即便他是被语言母亲抛弃的最后一个先天不足的畸形儿，他也比一个富拉尼人或一个阿坎人更接近母语的裙裾；他高声念出法语，法语也会在他身上得到印证。他会"在棕榈园一侧，淳和的人民之中"①迎娶这门语言，在这些被奴役之人的头顶举办婚礼；法语赐予他种种能力，其中唯一有价值的是：当雄辩者的声音响起，其他一切声音都被凝聚。

服完兵役，他回了趟卡兹——也许是十二月，也许正下着雪，雪厚厚地积在面包铺的外墙上，我的外公正在路上铲雪，看见安德烈从远处走来，昂着首，微笑着，自顾自哼着歌。他来到外公跟前，宣布离开的决定，去当时人们所说的海外，去粗犷的海蓝和不可救药的远方：人们踏入色彩和暴力，把过去抛诸海外。他宣称的那个目的地是科特迪瓦；而另一个，很显然，是贪婪。上百次，我听外婆回忆起他宣布"不在那里富有，就在那里死去"的高傲——如今，我复活我罗曼蒂克的外婆为她自己勾勒的画面，重新分配她记忆的材料，赋予它们比被平民的供词所损伤的贫乏现实更高贵、更富戏剧性的

---

① 化用兰波（1854—1891）《彩画集》中《王权》的句子："……某国淳和的人民之中……他们就沿着棕榈园一侧王者一般向前走去"（王道乾译）。

轮廓,我想象这幅陪伴外婆到死的图画,随着时间的流逝和记忆的超载一次次重建,消失,染上了比原初场景还要丰富的色彩——我用格勒兹①式的构图来想象一出戏"贪婪的孩子出走"②,把剧情搬到一间烟熏雾绕的乡村大厨房,在那里,女人的披肩在一阵激动的粗喘中滑溜,男人龟裂的双手在沉默比划中抬起,安德烈·杜孚尔诺骄傲地靠着只大木箱,腿肚鼓囊在一双如十八世纪长筒袜般洁白紧绷的腿套里,他扬起手臂,将摊开的掌心伸向被海外色彩淹没的窗户。但我,一个孩子,却在心里用不一样的线条勾画他的远行。"不在那里富有,就在那里死去":这个根本不值得回忆的句子,祖母就像我说过的一样反复把它从时间的废墟里挖出来,在空中重新展开她烈烈作响的小旗,历久弥新;但其实这么问的是我,想听远行人陈词滥调的是我:他在我眼前迎风展开旗帜的脆响,如同"海岸兄弟会"③的人骨十字标一样明确,宣示了死亡在所难免的第二任期,和对财富虚构的渴望,抗拒财富也只不过是为了更好地沦陷其

_____

① 格勒兹(Greuse,1725—1805),法国风景和肖像画家。

② 近似于格勒兹《忘恩之子》(*Le fils ingrat*)或《受罚之子》(*Le fils puni*)的构图。

③ 十六到十七世纪活跃在加勒比海地区的海盗组织。

中,还有永恒的未来以及我们迫不及待奔赴的命运的凯旋。我体验到了阅读充满回声和杀戮的诗篇和精妙的散文时攫住我的同样的颤栗,我知道:在这句话中,我触及了某种相似之物。说这话的人可能想强调那一刻至关重要,他有点沾沾自喜,但他受的教育太差了,不知如何假用"妙语"加持,加倍传达意思,只好求助于一个他觉得很高贵的词库,来彰显这个时刻的独特性,毫无疑问,这些话很"文学",但更意味深长:其中,命运的某种可能被以一种冗长的、本质的、粗浅且戏谑的方式表达出来——就我所知,是我生命中的一个第一次——那是我童年的塞壬,自懂事起,我便自缚手脚,屈服于这歌声①;这些话对我来说就像是天神报喜,作为受启者,我浑身颤抖却未明其意;我的未来现身,我却没有认出来;当时我还不知道写作是一片比非洲更黑暗、更迷人,也更让人沮丧的大陆,作家是一个比探险家更贪婪于迷失的物种;而且,尽管他探索的不是沙丘和森林,而是记忆和记忆的图书馆,他也同样面临选择,要么满载词语而归,就像别人满载黄金,要么死去,比当初更潦倒地死

① 典出奥德修斯在海上为了防止被塞壬的歌声迷惑,让手下将自己捆在桅杆上。

去,死于写作。

　　出发了,安德烈·杜孚尔诺。"我的日子到了;我要离开欧洲。"①海洋的空气侵袭了这个内陆男人的肺。他注视着大海,看见消失在鸭舌帽下的老农和委身于他的赤身裸体的黑女人,看见劳作后沾满泥土的手和外国阔佬手指上硕大的钻戒,看见"度假小屋"和"不会再有"这样的字眼;他看见人们希望的和悔恨的;他看见无尽闪烁的光芒。他肯定把手肘支在船舷上,一动不动,双眼空洞地望向充满幻影和光芒的海平面,海风如同浪漫派画家的手,拨乱他的头发,揉皱他的黑棉夹克,古意盎然。是时候描绘那张我拖延许久的肖像了:家族陈列室存了一张他的照片,是一张立像,他身穿天蓝色步兵军服;护腿套让我想到路易十五的长筒袜;两个拇指摁进皮带,挺胸,昂首,是那种小矮个热衷的骄傲姿势。承认吧,他真的很像一位作家:有一张福克纳年轻时的肖像,一样矮小,透着一样傲慢又倦怠的气息,凝滞的眼神中有灵光乍现的深沉肃穆,墨色的须胡

---

　　① 出自兰波的长诗《地狱一季》中"坏血统"一章。

11

下是同一张嬉笑的苦涩的嘴，须胡遮掩了昔日嘴唇上生猛的凶残，就像说出的语言扼杀了爆破音。他起身离开甲板，躺在船舱里，写出千百种由未来创造，同时又被未来摧毁的传奇；这是他一生之中最充实的日子，轮船的摇晃错置了座钟的摆动，光阴流转，空间变换，杜孚尔诺过着他梦想中的生活；他已经死了很久；我还没走出他的阴影。

此刻，这道三十年后投在我身上的目光掠过非洲海岸。他看到潟湖深处淫雨霏霏的阿比让①。看到纪德生活并描绘过的大巴萨姆②的沙洲，如同《风景杂志》里的一张图；《帕吕德》③的作者明智地按惯例将那里的天空描绘成铅灰色；而他笔下的大海则是一幅茶色的图。和其他被历史遗忘的旅者一起，为了穿越涌潮，杜孚尔诺不得不坐着单桅帆船，仿佛被起重机甩来甩去，迎着浪头前进。之后，他见到大型的灰色蜥蜴，娇小的母羚羊，大巴萨姆的公务员：办完港口的手续，经过潟湖，一条小径直通内陆，在那里，在同一种不确定中，诞

---

① 科特迪瓦城市。
② 科特迪瓦城市。
③ 纪德的小说，发表于一八九五年。

生了大大小小的远征,以及沉闷现实内部闪耀的欲望:姜果棕树①上沉睡着金蛇和粘鸟胶,灰色的骤雨拍打灰色的树,名字绮丽却布满恶刺的树种,象征智慧的丑陋秃鹳,以及过于稀疏无法遮阳挡雨的马拉美式的棕榈。最后,森林像一本书一样合上:主人公投身命运,他的传记作者落入假设的不确定性。

很久都没有消息,直到有一天一封信寄到卡兹,那是三十年代。同一个独臂邮差捎来了信,杜孚尔诺曾经在战时和童年,于牧场尽头窥伺过他的到来(我也认识他,他退休后住进镇上墓园旁一栋小白房里,在他的迷你花园里修剪玫瑰;高声说话,发出快活的小舌音)。大概是在春天,如今化为尘土的床单那时还在阳光下散着水汽,如今腐烂的面容在五月的轻快中欢笑;在串串温柔的紫丁香下,我十五岁的母亲杜撰了一段已逝的童年。她记不得写信的人;她看见父母喜极而泣;而她自己呢,在如曩昔般神圣的紫罗兰的香气和花影下,被一种浓郁的、文学式的、精妙的情绪击中。

其余的信陆续寄到,一年一封或两年一封,讲述着它

① 多产于埃及。

们的主人公想要讲述的人生,讲述着他大抵相信自己活过的人生;他被雇佣为林务官,"伐木工人",其实就是种植园主;他发财了。我做梦也没想过这样的信,贴着稀有邮票,盖着稀有邮戳——科科莫、马拉马拉索、大拉乌①——这些信现在都找不到了;我觉得我在信中读到了我从没读过的东西:他提到各种微不足道的小事和小幸福,他提到雨季、战争的威胁,提到他成功嫁接了一种法国本土的花,提到黑人的懒散、群鸟翻飞、面包昂贵;信中的他高贵又卑微;他总会送上最美好的问候。

我还想到了他没说过的事:某个从未揭露的小秘密——可能不是出于谨慎,但说到底还是出于谨慎,因为现有的语言材料太匮乏,不足以说出本质,而他固执的自尊又不允许他用近乎粗鄙的辞令叙说本质——一件小玩意儿令他快乐不已,对缺失的一切怀着羞耻的兴奋。我们深知这一点,因为这就是规律:他得不到他曾想要的;现在承认这点太晚了:当他知道痛苦将是永远,无法延期,也没有第二次机会,再去要求还有什么用呢?

---

① 均为科特迪瓦的地名。

一九四七年的这一天终于到了：还是那条路，那棵树，此处的天空，树木在地平线上的剪影，还是那个长满丁香的小花园。主人公和他的传记作者在栗子树下相遇，但就像常会发生的那样，相见总是一场惨败：传记作者还在摇篮里，没有留下任何关于主人公的记忆；主人公也只是在孩子身上看到自己的过去。如果我当时十岁，我大概会看见他身着红袍，像东方三王①中的一位，高贵而矜持地将那些罕见的食物摆上厨房餐桌，咖啡、可可、靛青；如果我当时十五岁，他会是深受女人和少年诗人爱戴的"来自炎热国家的凶残伤兵"②，深色的皮肤上目光如炬，言辞激烈，好勇斗狠；直到昨天，我还在想，要是他谢了顶，我定会想起康拉德小说里最粗暴的殖民军，"野蛮曾摩挲他的头颅"③；今天，不管他当时是什么样，说了什么，我还是愿意这样去设想他，什么都不必再添加，反正到头来都是一个样。

我当然可以多写写那一天，作为目击证人什么都没有看到的那一天。我知道菲利克斯开了好几瓶酒——

---

① 耶稣出生时从东方来看望他的三位博士。
② 出自兰波的长诗《地狱一季》。
③ 出自康拉德小说《黑暗之心》。

一定是这样的，他握紧开瓶器，灵巧地拔出清脆妙音——美酒、友谊和夏日的水汽令他醺醺然；他说了很多，用法语询问客人远方的国度，用方言回忆往昔；他蓝色的小眼睛闪烁着一种狡猾的感伤，情切之处，回忆的滋味令他词不成句。我怀疑埃莉斯在不在听，她双手搭在围裙的裙褶上，带着未曾平息的惊异凝视着这个男人，在他面容中找寻那个曾经的小男孩，有时，一个转瞬即逝的表情就会让他重现，一种切面包、遣词造句的方式，目光追随窗外一闪而过的飞鸟或光影的样子。我知道，菲利克斯没想到方言的句子还能贴合杜孚尔诺现在的思想（也许从来就都是如此，没有停止过），在这喧哗的一天生出他的思想（很长一段时间都没有发生过了）。他们谈起过世的老人，谈起菲利克斯务农失败，尴尬地提起我离家出走的父亲；壁上，紫藤正盛，这一天终究像其他日子一样落幕；夜里，他们互道再见，却再也没有相见。几天后，杜孚尔诺启程回了非洲。

还有一封信，附上了一个包裹，包裹里是几袋生咖啡豆——小时候我长久地抚摸这些豆子，把它们从棕色大纸包里取出来随意滚着玩，陷入幻想；这些咖啡豆一直未经烘焙。外婆偶尔整理壁橱，发现豆子堆在深处，便说：

"瞧，杜孚尔诺的咖啡"；她注视一会儿，眼神起了变化，又补充了一句，"应该还没有坏"，但语气却像是在说："永远也不会有人喝"；它是这段记忆和言语的珍贵证明；它是虔诚的图像或墓志铭，它将容易遗忘的思绪拉回秩序，那思绪彻底沉醉，却因生者的喧嚣而背对自身；一旦烘焙了享用，它就会在一种芳香的呈现中堕落，被亵渎；如果永远生涩，停滞在生命周期上一个早夭的节点，它便每一天都更接近昨日，接近远方，接近海外；它是那种令人谈之变调的事物：它真的成了东方博士的礼物。

这包咖啡和这封信是杜孚尔诺人生最后的痕迹。随之而来的是永久的沉默，我不想，却只能把它解释为死亡。

至于厄运降临的方式，推测可以是无穷无尽的；我想到一辆路虎翻在血红色的犁沟中，血流无痕；我想到一位传教士在唱诗班孩子的引领下走入一间茅屋，白色法衣亲切地衬出他炭黑的脸，而茅屋的主人正嘶哑地喘着，承受高烧的最后一丝威力；我看见洪流卷走溺水的人，一个尤利西斯的伙伴睡着了，从屋顶滑落，还没完全醒来就被摔得粉身碎骨，一条身穿骨灰色宽袍的奇丑蟒蛇从他手指滑过，手立刻肿胀，然后是手臂。我自问，在最后的时刻，他是否想到过此刻浮现在我脑海中的卡兹的那间屋子。

最传奇的假设——我乐意相信这是最有可能的——是外婆悄悄告诉我的。对此她"有自己的想法"，虽然从不主动提起，却很乐意有人听；她回避我对浪子死因的追问，而说起杜孚尔诺提到弥漫在种植园的反抗气氛时的忧心——的确，在那个时候，当地最早的一波民族主义意识应当激励过那些悲苦大众的心，他们受白人奴役，面朝黄土，耕耘着自己永远也尝不到的果实；外婆的想法或许有些幼稚，但也不无可能，她认为杜孚尔诺死在黑人农工手里，在她的想象中，他们的形象结合了另一个世纪的奴隶和印在朗姆酒瓶上牙买加海盗的形象，他们太抢眼了，绝不是什么和平爱好者，嗜血如他们的马德拉斯头巾，残忍如他们的首饰。

作为一个容易相信别人的孩子，我接受了外婆的看法；直到今天也没变。埃莉斯，是她设定了悲剧的前提，教会杜孚尔诺拼写，如母亲般爱护她，尽管她知道自己有可能成为他的妻子，是她埋下了这平头小百姓命运的种子，让他明白他的出生可能不是看起来那样，而外在之物终归可以扭转。埃莉斯，是接受了他远行这一骄傲挑战的知己，是对着后代的耳朵发出预言的女先知，那么也应该是她写下悲剧的终局;她写得恰到好处。她叫停的终局符合她主人公的心理发展逻辑:她知道,杜孚尔诺和所有被称为"暴发户"的人一样,他们被这么叫是因为他们忘不掉自己的出身,也无法使别人忘掉,他们是流亡到富人圈中不得返乡的穷鬼,为了不从贱奴身上看到自己长久以来的形象,杜孚尔诺可能对他们更残暴,黑奴的劳作同种子一起被埋葬,同汁液一道输向果实,他们被耕犁溅满泥浆,因风暴或打领带的人而面露惶恐,这一切都曾是他的运命,也许他曾喜欢这样,就像人们喜欢自己在行的事;为了否认控诉、避开棍棒,他也曾说出那种支支吾吾的语言;为了逃避他爱过的工作,逃避羞辱过他的语言,他远道而来;为了否认他爱过或恨过黑奴爱过和恨过的东西,他用木棍击打他们的后背,用咒骂抽打他们的耳朵;而那些一心要恢复命运平衡的黑奴祛除了他最后的恐惧,那恐惧抵得上他们成千上万的恐惧;他们给他最后的伤口,那伤口抵得上他们所有的伤口,就在惊骇的目光永远熄灭的瞬间,他终于承认自己是他们的同类,他们杀了他。

　　如此构想他死去的方式恰好因为我对他生平的了解极为有限,这很狡猾;埃莉斯版本的统一性不是行为的统一性，而是一种更晦暗，相当形而上且古老的和谐一致。那是一句话扭曲的、讽刺的回声，正如生命是欲望的回声。"不在那里富有，就在那里死去"，在关于神的书中，这道自大的选择题被简化为一个单一的命题：他死于那些为他工作、令他发财的手；一场奢华的、血腥的死亡令他富有，就像一位被臣民肢解的国王；只有黄金令他暴富，令他死亡。

也许直到昨天，某个坐在大巴萨姆自家门槛前的老女人还记得刀光之下一个白人惊恐的目光，记得暗蚀的刀抽离后尸体轻飘飘的分量；今天，她死了，埃莉斯也死了，她曾记得小男孩接到一只用围裙擦干净的红苹果时脸上初露的莞尔；一段不知所终的生命在苹果与砍刀间流逝，日复一日淡化前者的味道，磨利后者的锋芒；如果不是我在这里写，谁还会记得杜孚尔诺，记得这个假贵族和变坏的农民，记得一个只留在去世老村妇的虚构里的好孩子，一个凶残之人和他强烈的欲望？

安托万·佩鲁榭传

——献给让-伯努瓦·普埃克[①]

幼时在穆里乌,赶上我生病或烦闷的时候,祖母总会寻些宝物来转移我的注意力。我还记得两个凹凸不平的白铁盒子,上面绘着幼稚的插画,它们本是用来装饼干的,那时却被拿来盛放另一种食粮:祖母从里头取出的,是各色奇珍和它们的历史,这些传世的珠宝留着小人物的记忆。复杂的家谱和小饰品一起挂在铜手链上;钟表的指针停留在某位祖先离去的时刻;念珠上流动着一桩桩轶事,带有国王肖像的小物件讲述一件礼物和送礼人土气的名字。信物虽有限,却有说不尽的神话作保;在埃莉斯的黑围裙上,信物在她手心里闪着微光,那是残缺的紫水晶和少了底托的戒指;那些从她嘴里漫不经心吐露的神话,补足了戒指的底托,纯化了宝石的光泽,在祖先陌生的名字中,在同一个故事的第一百个变奏中,在婚姻

---

① 让-伯努瓦·普埃克(Jean-Benoît Puech,1947—),法国作家。

和死亡那含义模糊的母题中,语言的珠玉熠熠生辉,尽显光华。

在其中一个盒子的深处,有佩鲁榭一家的圣物,我和埃莉斯总偷偷谈起它。

这最平凡的宝藏也最为珍贵。埃莉斯总在介绍完别的东西后才介绍它,就好像它是最受喜爱的家神;正因如此,这件工艺粗粝而朴实的圣物比其他宝物显得更古早和天真。我焦虑地期待它出现,它在我内心引发某种不安,还有揪心的怜悯。不管我怎么看它,它都不如埃莉斯叙述得那样丰富;但正是这种平凡无意义令人心碎,就像它的故事:不管是在圣物还是故事中,世界的不足都化为疯狂。有什么东西不断从我的阅读中溜走,我只能为我贫乏的阅读力哭泣。秘密就在咫尺,却突然消失,把神圣的忠顺交给逃逸、残损、缄默之物。我不愿那样;我的手惊恐地松开了圣物,缩到埃莉斯的手中;我喉咙一紧,哀求般寻找她的眼睛。但这无济于事:她还是开口了,她的眼睛被什么遥远的东西驱使,露出了我害怕见到的神色;她还是提到了逃避,说起了我们消失的身体和永恒逃逸的灵魂,说起人们用总是不在家来解释亲人明显的缺席,他们的死亡、冷漠和离去;至于他们留下的空无,她会用一种急匆匆的、欢天喜地的悲剧性语言去填满,空无吸收着语言,就像蜂房吸引蜂群,语言在里头产卵;为了她自己和她小小的见证,为了一尊侧耳倾听的补偿之神,以及所有直到那天为止含泪捧着圣物的人,她再次创造、缔造这件永恒的圣物,像她之前的母亲们做过的,也像我在这里最后一次要做的那样,献身于圣物,至死不渝。

佩鲁榭家这一支在上个世纪就断掉了;据我所知,他们家族最后的传人是安托万·佩鲁榭,永远的儿子,永无结局,他把自己的名字带到远方然后消失。这个姓氏如今已经废了,靠圣物一直传到我这里。这圣物在女人们的手中代代相传,弥补了家族中缺乏男性的遗憾,带给她们中最难生育的那个人某种不朽,而这种不朽,是不能由一个勤劳的、急于死亡和遗忘的农民后裔来保证的。

安托万消失了,成了一个梦,关于这梦,我们稍后便知。他有一位长姐,我在这里不会说,因为埃莉斯没提过;我不知这位自我牺牲的姐姐的名,也不清楚她乡巴佬丈夫的姓;但我知道他俩只有一个女儿,名为玛丽,嫁给了一个叫帕拉德的男人。帕拉德夫妇生下两个女儿,其中一个叫卡特琳娜,死的时候没有子嗣(我认得这个祖先);另一个叫菲洛梅妮,嫁给了卡兹的保尔·穆里柯,她只有一个独生女叫埃莉斯，就是我的祖母。埃莉斯和菲利克斯·加约东鬼混在一起，生下了我的母亲，我母亲产下了一个早夭的女儿，还有我。令我感动的是：在这漫长的继承论中，一直是头戴小帽、身穿罩衫、举止得体的独生女们传递着圣物，而我是自安托万之后第一个拥有这圣物的男子，他失去的圣物却留存了他的姓氏；在所有这些女性的肉身之中，我是这阴影的阴影；长久以来(一个世纪过去了)，我是最像他儿子的那个。那么多下葬的女性祖先，那么多分娩的妻子，在天上，我们也许会互相问好：我们的命运相似，我们的意志无痕，我们没有作品。

圣物是一尊圣母抱子小瓷像，极富表现力，装在一只丝绸包裹的琉璃盒中，盒底有双层封印，盛着一位圣人细小的骸骨。如我刚才所言，这物件代代相传直到我手中，串起了所有这些名字；而这些名字，可以由散在夏特吕、圣古索、穆里乌小镇墓园里的墓碑作证，日光流转，夜雾弥漫，恒久不变；这些名字之下的无常肉身，当他们与本质抗衡，当他们的存在在生命的巢穴里冲撞自身，不出现则消失，当他们面对生存或毁灭时，他们就会召唤圣物。因为圣物就是护身符。人们把圣物带到她们临终的床前(男人们穿着湿透的衬衣，从屋外丰收季忙碌的热浪中返回，在将死之人身旁哭一小会儿，然后再次出门，去日头底下，去稻草和草的尘埃中干活，他们喝着酒，成倍成倍地流泪；要么是在悲伤的冬季，死亡是那样平庸、赤裸、乏味），在他们被死亡带走之前，人们带来了圣物，她们要看一眼再下黄泉，有人眼露惊慌，有人表情平静，有人亲吻，有人诅咒。玛丽魂归的时候一句话也没说，埃莉斯在我眼前残喘了三夜，而她们的丈夫，一边发着抖一边开玩笑，气喘吁吁地说个不停，好否认最后的时刻已经来临；除了苍白和痉挛之外，再也握不住任何东西的手还是握住了圣物；九泉之下，阴森的爪子像深埋的钉，天性邪恶，抓住了圣物，但这爪子就像临终之言和无可奈何的希望一般，尚属"生"的那一边。当他们从母亲的肋骨里钻出来，充满害怕与抗拒，仍是同一件处变不惊之物迎接他们（那是八月，热火朝天的丰收季，或悲伤的冬日）；当孩子的呼喊声延续着姓氏，是圣物帮助女人们养育后代。在昏沉和颤抖中，在逼仄房间的秘密里，来到人间的新生儿没有一声尖细的哭喊，同样是在这里，曾有一个小女孩在濡湿的床单上停止了呼吸，这件常年被母亲们揉搓、被她们的孩子弄脏的圣物没有对她显圣，永葆童贞的玩具娃娃泡在汗水中，那样神秘莫测，抚慰人心。玛丽攥着它大叫(她的母亲朱丽埃特在她之前就这么干过),直到生出没有姓名、面目模糊的小菲洛梅妮,接着,被逐出母体的小菲洛梅妮也啼哭起来;二十年后,菲洛梅妮一样攥着它大叫,生下啼哭的埃莉斯,二十年后,轮到埃莉斯和小安德蕾,四分之一个世纪之后,终于轮到我,我不会再重启这循环。

没有人能比安托万·佩鲁榭更能重启循环了,他是图森·佩鲁榭的儿子,一八五〇年左右,朱丽埃特哭着把他生了出来。

他出生在沙坦,那是一个植被茂密、满布石子的地方,生有蝰蛇、毛地黄和黑麦,蓝色阴影的门拱下高耸着蕨类植物。那里的孩子打懂事起就从村里的窗户望见圣古索扁圆的钟楼,遍布青苔,生趣盎然,钟楼的门廊下,立有彩绘的木制圣人守望像,圣人纯朴的老式祭披扫过一只横卧的公牛的黑色肋骨,这种公牛被当地人称作小牛,小牛是他们敬畏的动物:这位副祭便是善人古索,公元一千年左右的隐士,高尚的牧羊人、严格的注经者和创会者;那些爱哭爱笑的傻姑娘往公牛皮上扎了上千根针,祈求找到爱人,而妇女们呢,她们用更疲倦坚定的手求子。

像我一样，幼年的安托万被带到这些家神面前；他稚嫩淘气的手消失在父亲硕大的拳头里；父亲压低嗓音，喃喃地向他解释这个不可解释的世界，为什么喷着热气的牛群要仰仗冰冷的木偶像，为什么黑暗中冷漠的彩绘物悄悄统治着夏日广阔的田野，在比鸢飞之迹还要迫切，比云雀之飞更为决绝的转瞬之间。夜幕笼罩，青苔遮住窗扉，教堂内漆黑一片；父亲终于点了火。上千根针在蜡烛的光焰中齐齐闪耀；祭披动了一下，高处，赭色的手摊开；神迹隐现，无穷无尽，圣人以讽刺、天真的目光俯视着孩子。

（后来，也许在他十六岁或十八岁那年，他跑来向这组满身虫蛀、遍布女人欲望尖刺的造像告别，来寻找儿时无意间震住他的东西；他来验证：对他来说重要的——出走的激情也好，神圣，大道腾飞也罢，不管这种出逃、拒绝和惰性叫作什么——重要的不是全体的事实，不是几个世纪以来每个人都在针刺中留下他微不足道的痕迹和破碎的欲望，而是一个个体的事实，一个贫瘠的独我论创会者，一个木眼圣徒，是他独自面对惶惶众人的欲望。曾经的古索修士想必也是个粗暴、过度自负之人，他把自己幽禁在附近的森林，满怀怒气期待那些嘘声把他赶出城市的人来求他，如今，五个教区都要在丰收季买他的人像，用来点燃少女的激情，让妇人怀孕，向浪子展示前路凶险，就像这个修士和所有从覆盖着他们的余烬中复活的人一样，他必得拒绝一切，才有机会拥有一切。我想象着这张被所有人忘记的脸，在那一刻是多么难忘，这张程式化的脸，在那一刻是多么气宇不凡；我想象还没长胡子的安托万离开这间昏暗的教堂，再也不会回来，他咧着嘴，愤怒又畅快，他走进白日，就像走进光辉的未来）。

　　关于沙坦的童年，我还能说什么呢？磨破膝盖，用榛木手杖消磨时日，披荆斩棘，"臭熏熏集市"买来的过时的衣服，一个人在茂密的树荫下用土话自言自语，沿着狭窄的田埂、水井飞奔；牛群总毫无变化，地平线也从不消逝。夏日，午后定格在鸡群金黄的眼里，停工的二轮大货车升起了它们的辕木日晷；冬日，集结的乌鸦占领了大地，它们统治着猩红的夜晚，引领着风；孩子因为热烘烘的壁炉和结冰的声响而昏昏欲睡，笨重的鸟群笨重地飞，他们惊讶于鸟叫竟会在冰冷的空气中冒烟，然后另一个夏天就来了。

　　我猜，他的父母一定爱这个迟来的孩子。朱丽埃特话不多；她腋下夹着面包站在门口，把水桶放在门槛上，清冽的水渗进青石，有时，她会一边生火，一边转过头来看这个小耶稣、小盗贼，这个佩鲁榭家年纪最小的人，一侧脸颊被火光映亮，另一侧则沉入暗影。父亲很魁梧：他在田间劳作，远看显得很小，一转眼，已走进门框，肩头扛着一套牛轭或燧发枪，他浸在阴影中，像日子一样高大，他递给孩子一只野鸽，一捆金雀花。他爱着孩子：有一天，他用桤木或白杨的新鲜树皮给安托万做了一枚口哨；他使大刀如细针，刀下，裸露的树干滴下树汁，那口哨在他粗糙的手里，就像羽毛一样轻，鸟儿一样脆：孩子专心吹着口哨，一本正经的样子，父亲别提多高兴了。但说到底，他终究是个粗人。

圣古索有这么个人，要么是学校老师，要么是个有点文化好炫耀的神甫。每年从十一月起，经过冷峻的一月，一直到泥泞的三月，孩子每天早上都要背着书包，在教袍和身患疥疮的村童们的气味里学习零碎的知识：那些丰富的词汇听起来是那样含糊；乞丐草也叫铁线莲，人们用来编钉在牛棚门上十字架的圣约翰五叶草也叫圣洛奇草、圣马丁草、圣芭芭拉草和圣菲雅克草，还可以叫毛蕊花、蓝盆花、紫颂花；方言并不是通用的，法语也一样。拉丁语不只是天使的小提琴：它包含着存在，命名人们在睡眠中和醒来时体会到的快乐，它让树、森林的边缘和救世主的伤口显现,而且,拉丁语本身是不完备的;到最后,也许圣体盒,婚戒和金路易的金跟其他的东西的金一样,没有区别。

我没有捏造任何内容:卡兹的谷堆里——在被野兽破坏,被夜行猫头鹰的排泄物覆盖的时辰——有一个被埃莉斯叫作"沙坦盒"的小锡盒,里面沉睡着佩鲁树一家几件微薄的遗物:牧羊人历书,婚礼菜单,购买木桶或棺材的旧发票,几节蜡烛屁股,除此之外还有三本书,它们见过我,这三本意想不到的书刚刚好包含了整个宇宙,简直难以置信,书的正中有安托万·佩鲁树一板一眼的傻乎乎的签名。它们是行脚商[①]版本的《曼侬·莱斯戈》[②],一本开裂的圣本笃戒律和一本小地图册。

孩子长大了,转眼就到青春期。这三本书此时是否已归他所有,这并不重要;他的衣服总是一股子集市的臭味;一双忧郁的眼睛在鸭舌帽下躲躲闪闪,他内心激烈、贪婪,只能自我吞噬,很容易就感到挫败。他与父亲一般高大强壮,但他的双臂毫无用处,不知拥抱,只想去摧毁,然后垂下:低洼的小教堂里弥漫着墓穴的气味,圣人、无

---

① 在十字街头兜售廉价商品的流动商贩。
② 法国普莱沃神甫(Abbé Prévost, 1697—1763)的小说。

用之人、受真福者在那里看守谷物,任收成腐坏,手掌蛮狠地摊开,没有重量。

得想象有这么一天,图森在儿子身上察觉到某些东西——一旦察觉便永不消失——手势、语言,更可能是某种沉默:压犁的力气太轻了,对活着有些倦怠,目光毫无变化,不论是落在熟透的黑麦田还是风暴席卷的小麦地上,那眼神就像广袤而亘古的大地一样毫无变化。然而父亲热爱他的一亩三分地,也就是说,这一亩三分地是他最差劲的敌人,他生于这场殊死搏斗,这让他保持站立,也取代了他的生活,慢慢扼杀他的生命,他加入了这场早在他之前就开始了的、永无休止的决斗,错把本质的深仇大恨当成了爱。儿子大概选择缴械投降,因为土地不是他致命的敌人:他的敌人,也许是飞得太高飞得太美的云雀,是贫瘠的浩夜,或是浮动在事物周围的词语,就像一件件从集市上买来的旧衣服;若是如此,他该与什么较量?

接着会有个恐怖的夜晚,我敢肯定是在春天,无月,厚厚的、迷人的干草垛上空飞过夜莺,两个男人(因为安托万此时也是一个男人了),两个男人回家晚了,腋窝被镰刀的手柄刮伤,一轮巨大的太阳拉长了他们的影子,交叠在碎石铺成的路上;虚构的观察者同夜色一起散布在门口高大的接骨木的香气里,他看见他们进屋,一样的背影,一样汗湿的鸭舌帽和晒红的后颈,隐约像个神话场景,父与子总是这样的,双重的时间在人世的空间里迭行。父亲改变了主意,走去树下尿尿:他眼神凝滞,似乎在盘算什么黑暗的东西。门重新关上,耐心的夜来了。蜡光摇曳,透过窗,我们能看见三个人低头喝汤;朱丽埃特手里的汤勺忙个不停,一只惊慌失措的大蝴蝶拍打着窗玻璃;葡萄酒流淌,那么多酒,都流进父亲一个人的酒杯里。他突然看向阴影中安托万乌青的脸;一阵微风吹动接骨木上弱小的伞形花,压弯的花枝印在窗户上,蜡烛迸发出更明亮的火苗:安托万的眼神透露出傲慢,露出一种没来由的、剧烈而冷漠的尊严。接着,厨房里发生了争吵,一个指手画脚的巨影跳上房梁又攀缘而下,被砸坏的椅子全塌了。是谁在接骨木树下伸长了耳朵徒劳地听?能穿透厚墙的只有隆隆的风暴和鼓声,如空心石一般荒唐的流言,吓哭了孩子,惊扰了狗群,以及家庭危急时刻,那些古老而不幸的荒唐所发出的声音。父亲站起来,手里挥舞着什么,也许是斟满酒的酒杯,也许是一本书,骂骂咧咧地摔在地上,硕大的拳头使劲捶着桌子,捶着人们听不见的真相,这唯一的真相诉说着祖先、徒劳的死亡和永恒的不幸,天真又愚蠢,像是受到了惊吓,又令人不安。那边角落里,一副瘦弱的身体缩在墙角寒碜的橱柜边,阴影吸入更深的阴影,那位不愿再去捡碎瓷片的母亲,此刻能怎么办呢? 她会啜泣、会沉默,也可能会祈祷,她隐约知道些什么,她是有罪的。最终,傲慢的古老父权找回了它终极的旧姿态,父亲右手指向大门,烛焰一伏,儿子站起来;大门打开,如同墓阶,室内的光线扑打在不停晃动的接骨木上。有那么一会,安托万立在门槛上不动,逆着光成了一道黑影,没人知道,不论是树还是父亲母亲,都不知道他那时的表情;高处,夜莺翻飞,勾画着世界的道路,夜空陡然开阔:他脚下生苔的小路变作铜,他头顶高歌的天空化作铁。他离开了,他不再属于这个地方。但这里的事他仍脱不了干系,总是生气的父亲会突然沉默、把头埋在手掌里,儿子消失在视线中,他的脚步声越来越弱直到再也听不见,还有一个不做声、不存在的、幽灵般的观察者混进接骨木花与树间,比夜色中的一缕清香更缥缈,比一八六七年短暂的花期更空幻,而且,他编织了一种模糊的现实,生硬而沉重,像一幅古画或罗马柱的柱头,我一知半解,无法深入。

蜡烛熄了，一只夜莺从接骨木上飞走；也许还能听到圣古索方向传来教堂那扇被蛀坏的大门的吱吱声——但那也可能是牛棚的关门声，或是矮树<u>丛</u>里一对树枝的骚动。当人们在草木掩映的窗户后打火时，星星或金色的蝾螈溜走了。当看不见的狂吠的狗群都叫不动的时候，夜还在叫唤什么？公鸡的喉咙里还在持续上演哪一出古老的家庭剧目？斜坡上，交叠的凤尾草影愈发浓厚。若月亮终不升起，灯光的剑簇就会拦住白桦林中的道路。让我们离开这片叶<u>丛</u>；接骨已枯，我想，那大约是在一九三〇年。

我还剩下图森要讲。

另一天来了。草还是得除，比如说，教士那片牧场上的草，那其实只是一道斜坡罢了，枞树林浓黑的气息中涌起一股雾气，朝拉莱热的山口飘去；人们听到一把镰刀抬起；斑鸠倾巢而出，刺破浓雾。咒骂声突然溢出大地，隐身的镰刀刚刚悬空，随即落下。当雾气升高，通常在拉莱热附近除草的雅各满一家、德桑布尔一家、汝昂洛家的儿子们，见到父亲图森独自一人：他在斜坡上割草。正午不会使他平静，午后垂直的阳光像牛虻一样激怒他，他一直干到深夜。汝昂洛家的儿子们是最后离开的,他们有说有笑,早就坐在了汤盘前;只有高大的松树目睹了这一切,这些近在咫尺却难以接近的松树正窃窃私语,说着只有它们能听懂的话,与它们自身无关的事,它们一概不闻不问:父亲图森咬着牙呼唤上帝一把火烧了它们,他回家了。

让我们想象他走在那条阴森的小路上。没有达盖尔相机把这一幕永远保存下来,但命运却在此刻向他提供了一张脸——或说是巧合:对于弄虚作假的人来说,夜色是一种恩赐。毕竟,他的肖像并不比那边小教堂里,那个自带光晕的对手的逼真肖像更虚假。我们猜想,那是一张粗厚但线条分明的脸:鼻梁黝黑、油亮,牵着高高的颧骨和清晰的眉毛;大致如此;他的胡子是那个年代已死去的人会留的胡子,比如布洛伊①和南方的将军们,有力而呆板,适合军装和父权,适合呆板的姿势。他偶尔停下脚步,抬起头望向繁星:这是为了品尝近在咫尺的瞬间,在那一瞬间,在光下,他会看见安托万归来,吹着桤木口哨向他微笑;于是我们会看见他炙热的、调皮的目光,像孩

---

① 莱恩·布洛伊(Léon Bloy,1846—1917),法国天主教作家,留八字胡。

子一样。然后他加快脚步重新出发，鸭舌帽遮住脸，只露出僵硬的下颌，生硬而绝望。他是个老人了。当他走上沙坦的小径，当我们看见他靠近，他看起来像极了曾是图森·佩鲁榭的那个人：但我们可不要被这步履沉重的农民给骗了；因为他肩上扛着某种亮晶晶的、魔幻而专横的东西，比如某个被罢黜的、创作过赞美诗的国王的竖琴，或某个老态龙钟的雇佣兵的弯刀，这个雇佣兵能在夜间看到不存在之物，诸如篱笆前突然出现的犄角，或公牛足印中分岔的蹄角：他挂在门前的那把镰刀，随着他手一抖，重重落下，砸在门槛上。安托万不在那儿。

　　朱丽埃特——那具行尸走肉，不论在我的脑海还是这些文字里，几乎完全朽坏了，她生前应该也是这样，隐身在种种扮相后，夏尔丹①的风帽，老妇或天真圣母似的随意打扮，但我还是该把她想象成岁月消磨的佝偻模样，一双大眼动人依旧——朱丽埃特站着，一只手扶着椅背或窗框，另一只攥着圣物，像攥住一只雨后捡到的鸟。然而没人死，好像也没人要出生。父亲默默看着她，恳求她；我们也可以想象他气炸了：为什么安托万一

---

① 　夏尔丹(Chardin, 1699—1779)，法国画家，擅长静物画。

定要对他言听计从呢？这会，轮到他扶着家具，扶着椅背；他坐了很久，站起来，站了很久：此时坐着的大概是她。万籁俱寂，只有隐约的钟摆声，和外头模模糊糊的鸟叫，跟昨天的鸟是同一群；她站起来：一整夜就这样，直到烛尽灯枯(已是六月的黎明)，孩子的两个监护人向暗淡空洞的未来发出祈求，把少得可怜却无穷无尽的记忆整个想了一遍，这一刻，夜空全部的重量都压在他们身上。或许现在就去领悟一种从此破碎的时间，一种过去在其中无限膨胀的时间还为时尚早：他们一边等待安托万，一边发抖，彼此慰安着，折磨着，希望的激情把他们卷进漩涡，又抛出去，留他们等死，再给他们注入一点生命，一点被丢出去喂狗，又卑微地带回来的生命，一起带回来的还有记忆的刹那，短暂的遗忘，以及一座时钟的钟舌准时的反光。

父亲等了一年，两年，也许十年。工作与日常的沉闷和坚韧填满了这些时间，我略过不说了。然而父亲成熟了，当我们认定希望日渐凋零，缺席这颗种子却在他身上发了芽；终于，有一天，我们应该想象得出来，他挣脱了现实。

还发生了一些事。有天晚上，一架散发着都市气息的双驾敞篷车，载着一位律师或检察官，停在他们家门口：我们几乎来不及看他走下马车，一个背对着我们，陌生而简洁的身影，像从俄国小说中的泥地里走来，一个一身皂色的年轻男子，头戴高帽，即将被黑漆漆的门框吞噬。图森摘下帽子，捋着胡须；朱丽埃特给造访者倒了一杯酒；不知道他喝没喝；他看着炉膛，坐下来跟他们说话；没人知道说了什么。

然后，某个圣灵降临节的早晨，也就是圣灵在新叶间恢复生机的日子，他在牛的跟随下，顺着凡人背上的担架缓缓上升，在粗糙的手掌间略显华贵，他用双臂召来死者，免除生者的罪恶。他那具介于农民和神父之间的圣体，在天上微笑着，平静地在蓝色或暴风天幕上泛着金光，我们看见：另一个这样的古代主保圣人，他张开双手，降世显灵，象征亡灵或赐福，令某些不存在的事物永恒不灭。沉默的图森·佩鲁榭笑了。圣人像往常一样驻足于灵骨塔前，用漠然的眼神再次检视深深的山谷、树木、视野开阔的教区、村庄和它们受难的心；穿着宽袖法衣的小小农民们摇着铃铛，一阵寒风刮过寂静，拉丁语噤声了，村民都跪下；不远处，站着"壮丽，完全且孤独"①的静止圣像，像教堂执事一样傲慢，像公牛一样耐心，乐呵呵的父亲晃着手，握着某个我们看不见的东西，就像握着一枚羽毛，一个孩子的小手。

另一次是在安托万的房间——这事除了老屋那盲目、笔直、残暴且沉默的墙壁之外再没人看见——他颤抖地翻开安托万三本书中的一本。或许是《曼侬·莱斯戈》中那种清晰到令人困惑的表达——难以理解的激情的运作方式令他震惊，他呆住了，他明白，这比他活到今天听过的一切都更震撼，还有书里写的小旅店，篷马车里的夜逃，迷失的女儿，破产的儿子，泪水的种种起因，注定的死亡。或许是位老僧（可以说，他曾是护送圣物的一员，圣物由一只驴子驮着，驴子吃着打，被圣物箱压弯了腰，而他则在教士们惊恐万状的幽灵军团中轻蔑地看着藏身之所在萨拉森人②或阿瓦尔人③的喧嚣中燃烧——就是这圣物，被楼下厨房里的朱丽埃特一直带在身边），这位注疏圣本笃戒律的老僧，在他随手翻开的第一页，将话语吹

①　出自马拉美的诗歌《葬礼哀悼词》，此诗为故去的诗人戈蒂耶而作。
②　泛指中世纪欧洲信仰伊斯兰教的游牧民族。
③　约在6世纪时迁到欧洲中部和东部的游牧民族，一说起源自中国典籍中记载的柔然部落西迁。

进他的心："兄弟中若有人迷恋某物，务必立刻将其剥夺"，若他也将自己的"某物"驱逐，那他最渴望得到的救赎是否会更有指望？或许是地图册，用一种起初他难以领会的严格象征指点了他：大地上所有地方，不管是否适合耕种，当它们被同样的符号代表时都是一样的，就像在木头圣像的眼中，所有贫苦的地区也都是一样的；更为肯定的是，这本书一定向他开示了他儿子走的路，始于一个收割之夜（图森自己就是收割的工具）的、所有可能的目的地，所有可能的道路，除了死亡：儿子就在他眼皮底下的某个地方，或者已经离开了。夜幕降临；图森抬起头，透过窗户看见安托万小时候没看到的事物：远处的钟楼在不可知的距离外敲响了祈祷的三钟，悬停的云雀，或是黑色破布一样的乌鸦；云雀底下是佩鲁榭家的几亩田：图森的目光掠过如画的田间，然后回到有生命的云雀，回到钟塔的蓝。

（他有可能，但可能性不大，对这一切毫无知觉；他重重地合上书，然后，骂了脏话，愤怒地喝到烂醉；我们也知道，他已然是个老农了。）

最终，有一年，德森布尔家的霏霏开始帮他锄地；那年春夏霏霏又来了，来得越来越勤。这个人傻乎乎的，而且嗜酒;估计话很多,语速也很快;他瘦骨嶙峋,双手颤抖,在那张沮丧而狂热的暗红色面孔上,一双眼睛像要哭。他在一间废弃的阁楼过夜,如今,我只认得它荆棘中的废墟,他是因为生存需要而不是出于某种品味,才选了这远离一切,靠近南十字架镇附近的地方。他同德森布尔家,同他的父亲和兄弟们渐行渐远,一路跑下终日饮酒者那儒雅的、无意识的斜坡:他嗜酒如命,一个人顶四个,从这春药提炼出对祖先的模仿,提炼出一个后代的品味,提炼出自身的卑微,以及构成卑微者尊严的那点愚蠢且秘不示人的骄傲;他像我们每个人一样掩耳盗铃,既不是成熟的男子,也不是老灵魂,仅仅是个酒鬼;处处被嘲笑,被最下作的人辱骂。但他在餐桌上还是受欢迎的,因为他有两只好手,如果他想要在周日喝到烂醉,想要从黑暗的酒精挣脱,正如从一切中挣脱,他就得在周中用这两只手干活。到了那种日子,他喝得醉醺醺走出夏特吕、圣古索、穆里乌的小酒馆,倒在偶然遇到的某个谷堆上过夜,在黑暗里,他在温良的麦束中久久自语,傲慢地大笑,暗下决定,激动不已,直到村里的小孩偷偷摸摸爬上谷堆,朝他脸上浇一桶水,或者往他的衬衣里塞一条泛冷光的玻璃蛇,他脆弱的王权就这样被夺走,在一阵逃跑的笑声中散落。

　　然后人们就总瞧见他俩一起，霏霏一瘸一拐、蹦蹦跳跳，跟在挺直腰板儿、遥遥地走在前头的那个爱指使人的老人的影子里。他们在小院里把牛套在车辕上，庄重地出了门，霏霏坐在辕木上，叫唤那些满头浓密卷发的人，大喊大叫取笑他们，他跳来跳去，模仿对方，活像个爬行动物①或伊丽莎白时代的小丑，而那个笔直地站在牛车前面的老人，胡子已经全白了，车轮在他身下吱吱地响，他也符合某些特定的形象：那种败了或老了的国王，无论是怎么败的，那种愤怒的领主，无能的、退了位的领主。有时，他粗犷的嗓音落在钝了的紧索棒上，落在被他骂的霏霏身上；但他也许是快乐的，他在笑，这只有霏霏和脚下的路才知道了。他们回到家；霏霏从地窖里取上来一瓶酒，坐下，喝得东倒西歪。当时妈妈朱丽埃特并不在家，她走样了，终日在黑裙筑成的废弃的堡垒下发抖，嘀嘀咕咕的，不知道在准备些什么；那个不喝酒也不发抖的老人坐在一旁，好像挺高兴，不知道是伤感还是自信，他看起来在说话。

---

　　① 暗指巴尔扎克小说《舒昂党人》里一个残暴士兵的名字。

大约就是这段时期,在夏特吕、圣古索、穆里乌的小酒馆里,疲倦的人们酒话连篇,短工们没完没了地说着闲话,男人们把从那里听来的话带回家告诉老婆,惹出争吵和对抗,就在这样怀旧的、不可阻挡的醉酒之夜,安托万复活了。

霏霏说,安托万在美国。霏霏的话确实不可信,倘若我们不知道借他之口发出这番被篡改过的变味的言论的,其实是另一个人,是那个高深莫测又武断的年迈的放逐者,那我们一定会狠狠嘲笑他。我们且奉上我们那多疑、贪婪、偷偷兴奋的耳朵,就像我们奉给先知们的一样,于是我们愿意相信霏霏嗓音尖锐,衣衫褴褛,荆棘满怀。他们谈到美洲,谈到安托万在美洲不见天日的生活;霏霏和他的听众们把美洲视为和邻近乡镇相似的地方,那些只是听说却永远不会去的地方,在洛里埃尔①和梭维亚②之外,在汝埃山或"三角山"③的另一边:一个富庶而荒芜的国度,那里有杀手和沙漠旅馆,有西奈山的荆棘和迦南的乡村节日;到处是迷途的少女爱上你,到处是辉煌或悲

---

① 法国中南部上维埃纳省的一个市镇。
② 法国中南部多姆山省的一个市镇。
③ 又称贝尔纳吉山,法国中央高原的顶峰,在克勒兹省的西部。

惨的命运，或既辉煌又悲惨的命运，正如在那些一个人说了算的国家的命运一样。有人在那里见过安托万，小安托万看起来还像个孩子，跟十年前人们认得他的时候一样，丝毫没有变老，人们发现他在干某种可疑的、有性命之忧的活计，这倒是符合他傲慢、温和且固执、沉默的性格：皮条客或机械工，流氓的头盔遮住眼，或开着通往地狱的火车，黝黑的面孔上那双眼睛依旧葆有坚毅、冷漠的尊严。

（也许霏霏的基督王国——我怀疑对此他能理解多少，他怎能不辱使命做好天父的传令官，充当儿子故事里的一环，简单如他，定不能把两种有道理的想法一前一后理清楚，但他忠于图森，紧咬着"美国"这个词不放，没完没了地重复着，这个词之于安托万的父亲相当于圣物之于母亲，因此也是可以传递的，它概括了所有可能的虚构甚至虚构的概念本身，也就是说，那种他霏霏永远不会有的东西，那种不存在却谜一般被命名的东西——霏霏天主式的统治，这座由黑暗的茅草构成的王位，这醉酒的权杖，这座献给蜘蛛们的浮华宫殿，被一桶水、被儿童的邪恶激怒，变成了一种对一个可怜的、单一的词语不可思议的统治。）

安托万曾经从密西西比或新墨西哥，从那些利摩日之外的蛮荒之地写信来：但毕竟，没有什么能让我仔细确认，这些没人见过的信是不存在的。也许它们的签字人真的在遥远的埃尔帕索①的黄日下开黑皮火车；也许是加利福尼亚第二轮淘金热把这个沙坦的小灵魂卷入它的洪流，他驾着破旧的汽车，在公共场合斗殴，丢掉他原本的质朴，变成凶残的淘金者；也许他行走在神秘机器的包围中，雄赳赳气昂昂，头顶联邦国的高顶毡帽，身佩美式左轮手枪，贩卖低贱的货物，盗马；当他在夜色里赶着众多偷来的牛穿越边境时，他也许记得一位圣人的安宁，一只小牛的温顺；或许，他过着一种"超自然的朴素"生活，做着布尔乔亚的小本生意，同一个女人一起住在沙漠边缘的一间木屋里，这个戴白手套去浸礼会教堂参加弥撒的女人，我们以为是他的合法妻子，却是他在加尔维斯顿②或巴吞鲁日③的一个妓院摇骰子赢来的。又或者，在抵达更远的海岸前他就疲倦了，他可能在安第列斯群岛，至少是在亚速尔群岛④就靠了港，在岛上的紫色小山上，在某个心上人

① 法国西南部阿基坦大区维埃纳省的中心城市，靠近故事发生的圣古索等地。

② 出自兰波的长诗《地狱一季》中"不可能"一章。

③ 这个桥段和地名隐示了阿波利奈尔《烧酒集》中的诗句："在得克萨斯的海岸/莫比尔和加尔维斯顿之间"（《安妮》），以及"我前往美洲明天就开船/一去再也不复返"（《兰多大道的侨民》）。

④ 葡萄牙治下位于北太平洋的一个群岛。

的膝前,就像他没有读过的《墓中回忆录》①里的海员一样,皈依为本笃会修士。这就是我能想象到的。至于图森,他并没有用来想象这一切的必要材料,没有那些来自好莱坞和厄比纳尔省②的图像和只言片语;关于美国,他很绝望,他无法描绘出任何一点景象;不过他知道儿子有两条腿能走,到了海上就换成汽轮;他知道要么是火车头,要么是对黄金的欲望,要么是妓院,他只能想象安托万处在这三种情景或地点中的某一处;他把这些没有人知道的元素拼凑起来,勉强把那个美国儿子安置进去,他的元素跟我的肯定不同,自然是更有限,却安排得更丰富、更自由、更出乎意料;最终,在小地图册上,他读到了以下这些名字:埃尔帕索,加尔维斯顿,巴吞鲁日。

他都读过了。小地图册今天自然是摊开在最泛黄的北美那一页。我说的这些城市名都被笨拙地划上了铅笔线,又粗又浓像是木匠留下的。

应当说说父亲一点点放弃他的土地这件事吗?那八亩、十亩从荒土和碎石中夺来的黑麦田,是佩鲁榭家悲怆

---

① 法国作家夏多布里昂的回忆录,当中有他前往美国的游记。
② 法国东北部省份,以制作俗套的画册知名。

的圣物箱,装着三十代人逝去的日子和白流的汗水。那天晚上,父亲举起他的右手将他推出去时,那些顽固的碎石和埋葬的汗水也以石头、草木和埋骨黄土的祖先们的全部力量将他推了出去,儿子无动于衷地放弃了这片土地。如今,老人家和别的事务开战。霏霏浑浑噩噩地四处耕地,手脚还是闲不下来,一会向乌鸦扔石块,一会又去嘲笑耕牛;那些荆棘,仿佛是他从破屋里偷偷带来的种子,或者是他在喝多的夜晚用他血渍斑斑的双手偷插了苗,荆棘夺下了耕地。在教士的草场,金雀花有人那么高;接骨木长满田地,细小的微风惊飞它白色的花尘。而父亲,那位儿子生命的作者,自身黑夜的创造者,下意识地扛起镰刀,从此变得傲慢、闲适,好似大卫王的竖琴,他慢悠悠地在小路上踱步,同乌鸦讲话,把埃尔帕索怀想。他稳稳扎在霏霏的前面,看着他干活,一脸狡黠无畏,几乎不去帮忙:小丑专心搞笑时,表演的动作会更快,他从土块跳到土块,不断骚扰耕牛,扮演着他的角色。父亲满意地将着他的小胡子,退入森林边缘的影里,气派地坐在树桩上;太阳沉入它的废土:废土之上,离散的儿子,那具荣光的美利坚之躯,正在加利福尼亚淘金。

田野上的他们漫无目的,不知在庆祝什么,仿佛身处教堂、市集或剧场舞台；而远处，在那栋只能看见篱笆的黑屋里，母亲拿着圣物，美国这个词从未经过她的嘴唇，她喃喃地念着圣芭芭拉、圣弗洛尔、圣菲雅克。

现实，或者欲意冒充现实之物，再次出现了。

让我们想象，在一个薄雾笼罩的清晨，霏霏和图森出发去穆里乌赶猪市集。胡子上挂着雾珠。他们开心地穿过森林，手里捏着烟卷，活得自由自在，无需任何人批准他们朴素的欢乐，他们小心发明的欢乐；他们赶着几只顽皮的小猪朝前走，很有仪式感；他们开着玩笑；我听见他们爬上"五条路"①坡道时的笑声，让他们享受此时此刻吧。这会他们到了穆里乌，让我们置身于坚固、笔直的教堂，公证处外墙紫藤掩映的金色招牌，以及我本可写出这些句子的那扇窗之间，一个地点，这个或相似的另一个，在那里，对于图森·佩鲁树而言，真相动摇了。集市散场之后，他们去玛丽·雅贝利②和马贩子们喝一杯。大概并不意外，霏霏很快就醉了，把讨价还价的事丢在一边，扯高嗓门吐露心声：美国出现在酒徒们眼前，安托万昂首

---

① 当地的山丘名。
② 当地酒馆名。

阔步走在那片圣地上，从那儿向这里所有人大方示意。遇上赶集、婚礼的日子，黑领带和硬领子就让他耸肩缩颈很不舒服，上世纪那种浆洗过的、传奇般的破衣服，荒谬地挂在农民们两边不平的肩上，老人一言不发，让霏霏夸夸其谈，他骄傲、静默、宽容，像一个作者把那些不讨喜和次要的对话交给他的影子去写。那时，从一群年轻人中，突然响起一个嘲讽的、干脆的嗓音，那是汝昂洛家一个儿子的声音，他从罗什福尔①服完兵役回来，我觉得他有点自命不凡的纨绔子弟的气质，穿着锃亮的鞋，甚至还戴着士官的大枚肩章；那自负的、干脆的纨绔之声就像现实自身穿着锃亮的鞋走进一间乡村小酒馆，肯定地说：安托万不在美国，我们在这边看见他了。他戴着铁链，和其他囚犯两人一组，在贩鱼妇女们的嘘声中，登上港口一条朝雷岛②劳改所驶去的驳船。

父亲没眨眼，久久盯着眼前，像是麻木了。他笨拙地戴上帽子，付过酒钱，高声道别，然后离开。霏霏发了脾气但没有人再听他说下去；人们聚拢在破坏圣像者的周围；霏霏惊人的发言又成了傻乎乎的酒鬼没有回响的发

---

① 位于法国西部，新阿基坦大区的一个市镇。
② 法国西部的海岛。

言。雷霆之怒压得他踉踉跄跄，令他看起来有点蠢。然后他也走出酒馆大门：小丑心烦意乱，一种锋利的痛苦令他茫然无措，这并不能归咎于酒喝得不够，也不能归咎于儿童的嘲笑，他看见那个笔直的老人在饮水槽附近的紫藤下站着等他，背后那股涓涓细流，正发出长年不断的、晶莹的低语。让他们在雨中回到沙坦，夜晚渐渐把他们收拢在自己的栗树林的大衣里，霏霏尖啸，像一只正在捕猎的狐狸，老人脚踩钉鞋，步伐沉重而孤独。

安托万故事的新篇章在镇上流传，其阴暗的逻辑增加了故事的可信度。那些头头是道的流言蜚语，令崩塌爆发出更强的巨响，令衰亡染上了十倍的光芒，它们征服劳改所就像征服美国，像是一个给另一个加冕。这个续篇，出自一只更黑暗的手，对于前传，却是不可或缺、势均力敌的。老人曾以为自己可以不用受难了：他的故事或许不够成熟，但绝对不完整。那个纨绔子弟，那个犹大，向过早就被赋予荣耀的耶稣升天日献上了那句天赐"瞧，这个人"①。

现实究竟如何，没人知道；老夫妇或许从贸然造访的

---

① 出自《圣经·约翰福音》。罗马驻犹太行省的总督彼拉多在令士兵鞭打耶稣后向众人说的话。《圣经》和合本译作："你们看这个人。"尼采曾引这句话作为自传题目。

高帽信使口中了解了现实(我无法确认这一点):但我们无从得知信使是谁派来的,带来了什么样的消息。也许安托万在美国很快乐,也许他是个苦役犯,被赐予一顶条纹帽,在罗什福尔的港口那个苦役犯"死得又多又快"[①]的地方做苦力;也许这两者都是他,就看你喜欢什么顺序了:他可能吃着鞭子登上了从圣马丁德雷[②]到美洲的卡宴[③]的船,想要在遥远的他乡完成父辈的虚构,同时实现小书《曼侬·莱斯戈》中随处可见的锒铛入狱的预言[④],他曾满怀爱意地读过这本书。但他也可能沉寂在一份难以启齿的活计带来的粗俗孤境中,一位店员或作家,沉寂在里尔[⑤]或埃尔帕索郊区一间昏暗无光的旅馆房间;他的狂傲无用武之地,却对他不离不弃。又或者,最终,他成了一位失败的作家,永远不会有人读他那几页可怜的稿子,他的结局可能会像年轻的吕西安·沙尔东[⑥]一样——如果伏脱冷[⑦]的拳头没有把吕西安从水里拽上

---

① 出自巴尔扎克小说《交际花盛衰记》。
② 雷岛上的一个市镇。
③ 法属圭亚那城市。
④ 指小说的男主人公格里奥因爱恋曼侬而多次入狱。
⑤ 法国北部城市。
⑥ 巴尔扎克小说《幻灭》中的人物。
⑦ 巴尔扎克小说《幻灭》中的人物。

来——还是个苦役犯。至于我，我认为他几乎具备成为不妥协的作家的一切条件：受宠的童年不幸中断，无可救药的自尊，如圣人一般深沉而坚定，拥有令人艳羡的经典读本，马拉美和许多文豪都是他的同代人，被放逐、被父亲拒斥；只差一点，我是说只差一点就是另一种童年，更像城里人，更衣食无忧，读英国小说，戴着手套、明艳照人的母亲牵着他的小手出入于印象派沙龙，这一切足以让安托万·佩鲁树的名字在我们的记忆里留下回声，像阿蒂尔·兰波一样。

朱丽埃特放弃；她死了。剩下的两个人活了下来，没有放弃。做父亲的看似毫无变化：他不把启示当启示，反当作可加以攻击的邪说，汝昂家儿子的话没动摇他。他不去争论：只不过，他走在田间的步子更急了，好像有什么急事正再一次，更响亮也更急迫地，将抛给乌鸦的远方城市的名字带走；他呼唤死去的亲人，他们冲他微笑，个个亲切热情；他轻快地扛着镰刀，然后，在某些夜晚，夏特吕的人用熊熊烈火致敬圣约翰或八月圣母，火焰勾勒出地平线，他长久地看着火光，在火光中看见了朱丽埃特，跟二十岁时一样娇俏的朱丽埃特，在夜空中朝儿子飞升。

他潜入传奇中;而霏霏呢,那个像影子一样跟在他后面的霏霏,那个曾为喉舌,今为影子的霏霏,还留在土地上,还在受苦。每个周日,他都坚持在夏特吕、圣古索和穆里乌的小酒馆重复那溃败的经验,在那里,酒除了酒精本身已尝不出别的味儿了,嘲弄再一次成为他命中不能承受的遭遇:因为人们曾经听他说话,一旦在崇高的话语中尝到了他人的赞赏,他便无法忍受听众们的轻浮,他们一下子就对他失去了好感,一旦失去便再也无法逆转。他一声不吭,坐在跛腿的桌边,在清晨摇晃第一升酒,他唉声叹气,浑浑噩噩,眼里满是忧愁,独饮直到深夜。然后,有个正在开玩笑的人放出了"美国"这个词,霏霏夺过这个词,抬起他那张故作快活但紧张的脸,一张小丑和预言家的脸;他犹豫了一下,但那些背信弃义的眼神还有酒精的刺激令他下了决心,他酡红着脸,急躁地讲起来,言之凿凿,越说越激动,一开始他还只是半站着,渐渐地完全站直了,他宣布安托万的清白,安托万在远方的统治,还有安托万的光荣。突然爆发的大笑激得他说不出话来,仿佛在狱吏的棍棒下,捆住手脚的小安托万被丢在那儿,丢在小酒馆中。紧接着是一阵侮辱、拳打脚踢、掀翻椅子,然后,在穆里乌的紫藤簇间,在圣古索多风的墓地附近——那是败下阵来的朱丽埃特的沉睡处,在夏特吕种着榆树倾斜的广场上,在夜下的任何一个地方,霏霏庄严地倒下,倒在血泊和瓦砾中痛骂美国、反复琢磨美国,直到不安地睡去。他在梦中看到了图森和朱丽埃特,图森是骄傲的,朱丽埃特则像新娘一样笑着,坐在飞驰的敞篷马车中,儿子安托万戴着高帽,高兴极了,笔直地坐在马车夫的座位上,握着缰绳从拉莱热一路冲到利摩日、冲到美洲和更远的地方。在他们身后,霏霏奔跑着,怎么也追不上。

这一周,不论冬夏,时间对于他俩而言是一种没有女人的时间:混乱、不确定、如童年一般,却没有童年的恩泽与沉醉。霏霏早早就来到南十字架镇干活,那不过是一种朝圣,他的褡裢里塞满了朝圣者的杂物,生锈的工具零件、大块面包和线头,也许还有刚雕好的口哨。他们偶尔外出,为的是那几块闲田里长出的凄凉食物,如今没有了耕牛,他们自己种白菜,他们就靠白菜活,同时用手帕带些黑麦回去。他们在古怪的时辰吃饭,吃很久;只有些老妇人还会去看他们,出于好奇或善心,雅克满家的母亲们,过去叫玛丽·巴尔努伊①的女人,只有她们透过窗户递给他

---

① 出嫁前的名字。

俩一些吃剩的火腿、白奶酪和青菜，只有她们还能看见他俩：在脏乱到难以形容的狭长厨房的尽头，低头就能看见图森消沉的脑袋，背靠一扇窗，他狂暴而模糊，背带光环，像基督的圣像，霏霏则不停从这荒颓空间的一端疾走到另一端，似有好几个分身，同时在喝酒、搅拌炖菜、清理桌面，放上板凳和烤箱，他总是边饮酒边切面包，同时还不断提起某些人。那些老妇人嬉笑着往回走，心里对他俩是同情的，却也没法对我们讲述更多：因为如果他俩心怀疑虑，那疑虑只是他们的，没有必要向任何人坦承，如果他俩旗开得胜，那胜利同样也只属于他们，属于他们的厨房和他们的影子，只存在于这个泛着陈旧光泽，对他们毫无恶意的地方，属于那些不会伤人的鬼魂们，远离那住满了怀疑之耳和冒犯之嘴的世界。五点钟，霏霏松开酒瓶，翻了个身，他睡在长凳上，或枕着麻袋躺在地上，这时图森凑近看他睡觉，表情是漠然的，或许是温柔的。

最终有一天，小丑没有再来。

或许是夏天。好吧，让我们想象那是八月。明媚的天空俯视着丰收的粮食和欧石楠，往佩鲁榭家的房子投下浓重的阴影。几个留在村里的老妇，门槛上黑乎乎的守望者，显然，她们充满耐心，能知未来，她们看见图森把自己关在昏暗的门扉中;他向乌鸦更蓝的飞翔打探广袤的蓝天;他不知道为什么走进了牛棚,瞧着那些没用的、注定要陷入昏聩的老牛;他喊它们的名字,他想起,以前霏霏会乐呵呵地跳上车辕。他回到暂时居住的小院儿,院子在一口冷冷的井边:让我们同那些老妇一起,再一次凝视——但是要在阳光下——活下来的老头象牙色胡须上方那顶带花纹的、无产阶级的帽子。到了中午,他当下的等待突然令他想起已经忘却的另一场等待,他心头一紧:因为即使他经常欺负霏霏,他应该也是爱霏霏的,霏霏叫他老板,跟他一起喝劣质咖啡,为死去的朱丽埃特守夜(母亲在儿子蜕变的过程中顽固地站在儿子一边);霏霏每个星期天都要为几个死人和一个活死人遭罪,受屈、狂饮、吃拳头,也就说,他为他们在活人间遭罪;他有着悲惨的童年,过着更悲惨的生活,但一份借来的记忆却令他变得高贵,如今的他只跟天使和影子打交道,一个创世神话令他不禁高声尖叫,在这神话的混沌中,他上演着一种病态的生活,直到把这生活演成一出殉道剧,而生活必然包含着殉道;阳光普照,霏霏·德桑布尔全身舒展,躺在南十字架镇的荆棘中,死了。

一个老妇在午后最溽热的时分发现了他,离他的小屋仅两步远,他面孔朝下,胡蜂缠身,头上的伤口同桑葚一同淌着紫黑色的血;"花蝶翻飞的牧场"①在夜下散发香气,轻拂着他。他夹克的一角,在他摔倒时被难缠的荆棘生生地钩住,此时像上过浆一样僵硬,十分精巧地遮住了他脆弱的脖颈。也许是被人打了,或者喝醉了,他失足跌进这如新世界残酷藤蔓一样茂密的荆棘丛,成功地把前额磕在石头上:我们永远不会知道发生了什么。那个本来要去夏特吕的老妇人报了警;镶边警帽抵达时,低垂的太阳将他们巨大的影子投向远处,一种魔鬼或骑兵头顶双角、身型错落的影子,他们在夜色初上之时看见跪在地上的老人,没戴帽子,裤腰上挂着法兰绒腰带;他紧紧抱着那具死掉的木偶,一边哭,一边用倔强、吃惊,一种认出什么来的责备的嗓音重复着:"托尼。托尼。"②人们往尸体上丢了一条马毯;那双睁着却再也不会流泪的眼睛消失了,轻骑兵的小饰物别在那个可怜人露出来的头发中;老人轻轻呼唤儿子,直到尸体在圣古索下葬,风吹过墓园。

---

① 出自夏多布里昂《墓中回忆录》的美洲游记部分。
② 安托万的昵称。

剩下的几句话就可以说完。图森不再呼唤任何人。他比霏霏，比其他人活得都长。也许，他将这些人揉在一起，反反复复捏塑他们的影子，为的是让他赖以生存的巨影变得更大，这巨影埋葬他，又给他力量；他还在里头添加了牛缓慢、随和的影子，牛也死了。当一个人经历了那么多生离死别后，那所剩无几的生命是什么呢？留下的只有他的大镰刀、厨房的奢华、水井、一成不变的地平线。没人再说起安托万了；至于霏霏，谁又曾谈起过他呢？

不管怎么说，那两三个最有人情味儿的老妇人总会去他那间冷飕飕的地下室一样的厨房探望那位垮掉的全知全能者，直到最后，他身后拜占庭式样，长满苔藓的明亮绿窗还会勾勒出他笔直的身形：有时，紫红色的毛地黄叮叮地响。仁慈的修女们在满是污垢的桌上放一些桑葚、接骨木果酱，少不了还有面包。她们讲来讲去还是那些故事，收成不好的荒年、怀孕的女儿和喧嚷的醉酒；老人微微地点了点头，仿佛在听，一脸警务员的严肃，庄重的大胡子好似阿波马托克斯①受降仪式上的李将军②。忽然，他似乎想起了什么；他打了个寒战，光中他的胡须

---

① 美国弗吉尼亚州的一个县，南方军队投降地。
② 美国南北战争南方的统帅。

微微颤抖，他靠近玛丽·巴尔努伊，狡猾地眨了眨眼，骄傲地挺起胸脯，像是要透露什么机密："一八七五年，我在巴吞鲁日的时候……"

他和儿子重逢了。看起来应该是他把儿子抱在怀里，带着他一起爬上腐朽的井栏，猛扎入井水中，就像圣人和他的公牛，他们的胳膊缠在一起，他们的眼睛在笑，他们卷着荷叶蕨和苦草难解难分地坠落，唤醒凯旋之水，激起水花如少女。父亲摔断了腿大叫，也可能是儿子；一个在渊黑的水下托着另一个，一直到死。他们像一对傻猫一样无辜溺死，如同双生的连体胎。一九〇二年一月，在瞬息万变的天空下，他们在同一具棺材中，一起入土为安。

风刮过圣古索；诚然，世界充满暴力。但什么样的暴力它没承受过呢？悲悯的凤尾草遮住了生病的土地；土地长出劣质的麦子、荒唐的故事、有裂痕的家庭；风猛地吹出了太阳，像个巨人，像个疯子。接着太阳就暗了，像熄灭的佩鲁榭一家：当某个名字再也没有对应的生者时，人们就会这样说。只剩没舌头的嘴还能喊出这个名字。谁还固执地在风中说谎？霏霏在狂风中尖叫，父亲在狂风中怒吼，风转时他心生懊悔，风回时他为自己赎罪，儿子逃到了西部再也不会回来，母亲在秋天的欧石楠中、在泪水的气味里哀吟。所有这些人都死了。圣古索的墓园里空着安托万的位置，那是最后的一个空位；如果他在此长眠，我就只能葬在随便什么地方，若我死得突然。是他给我留出了位置。我，最后一个子孙，记得他的最后一人，我将陈尸于此；那时他也就彻底死了，我的骸骨将会变成无名的骸骨，安托万·佩鲁榭的也是，就在他的父亲图森身旁。这片多风之地等待着我。这个父亲会是我的父亲。我怀疑我的名字可能永远不会刻上墓碑：会有栗枝纹小拱门，终身戴鸭舌帽的老人，会有我的快乐所能记起的细小事物。会有一枚廉价的圣物在一个遥远的旧货商手里。会有黑麦的荒年；会有一位被抛弃的天真的圣人；会有一百五十年前死去的女孩们伴随着激动的心跳扎在圣人身上的针；会有我的亲人们躺在腐烂的树林里；有村庄和它们的名字；有风继续吹。

欧仁尼和克拉拉传

至于我那神一样隐而不可及的父亲,我无法直接想象。我像个信徒——或许没有信仰——需要求助于他的代言人、天使或神职人员;我首先想到的是,儿时,祖父母每年一次(也许,更早的时候是每三个月一次,最开始甚至是每月一次)的来访,把父亲的消失无休止地丢还给我。他们的到来是礼节性的,令人沮丧,带着一经显露立刻被压制的柔情——我都是在学校宿舍的餐厅里接待两位老人的:克拉拉,我的祖母,一位修长、苍白、脸颊塌陷的女人,死气沉沉的脸上有顺从而热情的神色,是生动活泼的表情与死后的面具奇特的融合;她纤长的双手紧紧贴着嶙峋的膝盖;被年纪削薄的嘴唇依旧轮廓分明,无可挑剔,她微笑着注视我时,嘴唇就会拉长,那笑容也许因为一种难以言喻的伤感变得恍惚,同时又伶俐、诱人,像妙龄少女的笑;我害怕她那双湛蓝色大眼睛里的敏锐,痛苦而柔美,久久地凝视着我,阅读我,仿佛要把我的样子定格在她衰老的记忆中,永不褪色;在这目光下,我的猜测加深了我的不安：她的柔情不只对我，她在我稚气的脸庞上翻找的，是那个假死人，我的父亲的模样——这嗜血又母性的目光，其暧昧令我慌乱，正如我对这位威严、可怕又迷人的人物所作出的微妙判断一样令我慌乱，不论我判断对了还是错了，她不寻常的名字和她魔法般的职业头衔注定了她是神秘家族的成员：她是被人称为智慧女人的接生婆①，在穆里乌②，我还不知道这词的意思，对我来说，这是只属于她一个人的名号。

在她面前，祖父欧仁尼的形象彻底暗淡无光——然而她不像有些妻子那样，用唠叨和尖酸刻薄的贬低来竖起一道优越感的屏障，给丈夫一种错觉，拒绝他们说话，然后拒绝他们的思想，最后是生命——不，我想，我的祖母之所以自威且威慑于他，是因为她思维的活跃同老实巴交的祖父那种迟钝善良相比，不协调得令人难以忍受；再加上他平庸出奇的相貌，和一张可爱肿胀的脸——尽管有时很讨喜——实在与他伴侣神赐的细腻很不般配。他，我倒是并不害怕；相比和菲利克斯一起喝劣质酒的酒友们，我并不烦他。我甚至"很喜欢他"；但我想如果我曾

① 法语里接生婆直译就是智慧女人。
② 卡兹就属于穆里乌。

爱过其中一个,那会是克拉拉,她的眼神痛苦而茫然,总是不经意飘过,想要亲近,却立马懊悔地收回,令我揪心。

我留意到,儿时我欣赏的只有女性,至少在家族内部,没有哪位"父辈"能成为我的榜样——即使是那些我想象出来的用来替代我父亲的父辈,亦是些苍白的形象:一位唠叨的小学老师,一位过于沉默的世交,后面我还会谈到他们。但我能否回溯一代,让自己成为另一个世纪、往昔的人子呢,能否把父亲的形象挪到前一级,也就是祖父那级呢? 很可能我已经这样做了,除了眼下的这些文字,我不需要其他证明,它们一页连着一页试图从往昔孕育出自己,这大概是我所愿,但还不至于要为这场虚构的衰老感到高兴;事实是,不管是母系这支还是父系那支,女人在智识层面都比男人优秀,无可比拟。克拉拉和欧仁尼之间的不对称在埃莉斯和菲利克斯之间重演,尽管程度上要轻得多;虽然菲利克斯精神上的迟钝更多是因为他糊里糊涂且容易冲动,脾气火暴一点就着,有点自私和粗心,正是这一点阻碍了他判断,而不是他在根本上缺乏判断力——我觉得马兹拉[1]的那位祖父的情况也是一

---

[1] 法国奥弗涅大区阿列省的村庄。

样。而且在我看来，他的想法天马行空却容易犯糊涂，根本无法与埃莉斯的才思相比，尽管面对菲利克斯的时候，她讨厌下定论，讨厌条条框框，但她的思维有时也简洁得出奇。同样，即便同克拉拉高挑挺拔的丽影相比，埃莉斯没那么引人注目，体型维持得也不好，但是某些高贵、伤感、深思的东西却超越了所有身体层面的损伤而维持下来。还有一些奇妙难解的词——上帝，命运，未来——轮番在这两个女人嘴里流淌；我怎知这些词今日的抑扬顿挫——我内心深处的某个内耳听到它们响起——不是她们在我心中刻下的乐音？简而言之，我用"另一只耳朵"听她们；她们知道如何讲述：前一个有些卖弄（她有点自以为是），埃莉斯则相反，有种农妇的可爱顽固，甚至在悲伤时也很谨慎，绝不装模作样去谈论"那些事"，那些大伙儿都在谈的事儿，它们可怕只是因为它们是普世的，与思想有关。形而上学和诗歌是通过女性来到我身边的：母亲一回忆起高中时代就会朗诵拉辛式的亚历山大体诗歌，我的两位祖母以她们一知半解的信仰，用仁慈、笨拙而庄重的字词，把高度抽象的神秘传授给我。

　　关于欧仁尼，关于这个迟钝、诚实、恍惚的透明人，这个很快就被人遗忘的老头儿，我想再多说几句。我觉得——但就算这一点也不能确定来自记忆:我对他的记忆很模糊,而克拉拉瘦骨柔情的模样却像剪影般清晰——我觉得他有点驼背,那些年轻时肩膀宽厚的男人随着年龄的增长,从前傲慢的男子气概都会变成了猩猩一样下垂的胛骨,过于衰老的"劳动力"不知道自己的手还能做什么,只能笨重地承受着自己粗重的身体,曾经在纯粹的工具性中如此强大和高效的身体如今愈发粗重。他以前是个泥瓦匠,应该是个没什么情事的警觉的伴侣。或者说他不应该有什么情事,如果他只是——据我对他的那点儿了解——被自己的性格缺陷牵着鼻子走,那缺陷对他不讲情面,在一轮轮挫折和羞辱中,让他变成了我所认识的那种笑呵呵、醉醺醺的半痴汉。但那会我见到他时,想到的根本不是这些:他那张滑稽的面孔明亮又痛苦,比小丑、比崩溃的李尔王、比折腰升斗、尝遍屈辱的粗野军人更甚,他的鼻子又大又红,手也又大又红,狗一样布满可笑褶子的眼皮,还有蛙鸣般的嗓音,这一切都让我想笑——儿童焦虑时发出的这种笑,是一种用来回避悲剧、掩饰不安的方式。我对这种偷偷想笑的欲望感到自责:用怀疑乃至嘲讽的眼光看待"我应该爱的人",还要掩饰这种卑鄙的想法:我的祖父很丑,这在我看来是最严重的缺陷;当然啦,这种忤逆的想法是"禽兽"所为,只可能是禽兽所为;那我是禽兽吗?我立马下决心要好好爱他;于是,冲着这份决心——在所谓幼嫩的年纪,一个人同时饰演各种角色的内心戏被认为是感情最好的发酵剂——我心中涌起一阵阵对这个可怜的老家伙的爱意;赎罪的柔情之泪模糊了我的眼,我本想表现得更明显更殷勤,以此补偿他;当时我敢不敢兑现那样的想法,现在的我不得而知。

我要补充一点,这个老家伙多愁善感:如果说我对克拉拉泪眼婆娑的样子见怪不怪(女人的哭泣在我看来是自然的,理解起来不比一场流感或一阵雨更难或更容易,但总有道理),相反,当祖父在夜里回到那辆预先送来马兹拉老气味的马车上时,或许是因为喝醉酒,他突然发出的那种男性粗重的呜咽却让我心慌意乱。我其实已经习惯了菲利克斯这样哭,每当真情流露,或酒过三巡,他都会发出单调、急促的呜咽,并且很快止住;这是哭泣,又不是寻常的哭泣。我觉得我的两位祖父在相逢的日子里一道喝了不少酒——那算什么呢,两个男人对着一瓶酒,不得不在关键的事情上保持沉默?他们要借助什么样的托词,什么样没人信的鬼话,才能不当着我的面,或者不在其他场合提及那个"消失的人"的名字，那个剧中的叛徒，那个机器降神①，而我的存在证明了他的痕迹，他也是临阵脱逃的导演，没有他，这俩人就不会聚在酒桌前没话找话说，像两个忘了角色却没有舞台经理和提词人的演员？什么样的沉默驱散或复活了他们已经逃走的古老期望，驱散或复活了如今回顾起来毫无意义的那一天——他们为子女操办婚事的那一天——的挫败？但在婚礼上，他们像都洒了泪，就像今天，却怀着不同的感情。我好像听到了他们之间那些不自然的、尴尬的却满怀真诚的谈话。

有人告诉我——大概是埃莉斯——在他们年轻时，克拉拉曾经离开过欧仁尼，大概是想永远离开他；后来，当"面具和刀刃"②成了无用的摆设，当皱纹成了唯一的面具，只有记忆在老旧的头颅里磨利长刀时，他们复合了。我不知道父亲是否一定就是这老泥瓦匠的儿子；我

①　机器降神，原为拉丁语 Deus ex mechina，源于希腊古典戏剧，指戏剧中扮演的演员通过机器被带上舞台，其出现往往是为了解决戏剧冲突或结束剧情，欧里庇得斯和索福克勒斯等剧作家经常使用这种手法。在现代语境中，这个词指一个看似无法解决的问题或冲突被某个意想不到的事件或人物解决。

②　出自法国诗人夏尔·贝玑(1873—1914)的诗歌《博思向夏特尔圣母院的献礼》："当我们扔掉面具和刀刃，请提醒我们走上漫漫朝圣路。"

不知道欧仁尼归来或者说又被家庭接纳时,这孩子多大了;但很可能泥瓦匠对孩子来说是一个缺席的无能的父亲;即使前者偶尔在场,对后者这样一个大抵以智识为主要特质的人来说,也是个才智上不被接受的榜样——如果我相信所有那些认识他的人同我说起他时都强调这一点,并且考虑到他们都是些小人物,他们使用"才智"这个词来指他们自己没有的特质。对于埃梅①,他喜爱或憎恨的这位父亲可能给他带来了间接的负面影响,父亲就像一面总是摆在家庭餐桌上的变形的镜子;和我一样,他应该痛苦地感受到家族男性这一支的衰弱,一个没有守信的诺言,一个娶了母亲的无名小卒;在空无的陪伴下,在心有所哀的失落中,埃梅逐渐形成了女人般感伤的气质,我有很多证据;他表面的愤世嫉俗在这份空无中扎下了根;或许他终其一生都在寻找那可以串联起缺失的一环的线头;也许也是为了填满这空无,酒精才进入了他的身体和生活——占据了我们知道的那个位置,不断被充满又耗尽的位置,液体黄金的暴政之地,那么多父亲、母亲、妻子和儿子藏身于它的瓶腹中。但我更愿意相信他

---

① 作者父亲的名字。

喝酒也是为了解放他的意志,逃避他对一个难以忘怀的母亲的爱。

我想起克拉拉和欧仁尼在穆里乌度过的那些惨淡的星期天:尽管马兹拉离这不超过一百公里,但是为了避免赶夜路,他们还是把探望的时间缩减为上午十一点到下午五点之间。我总会想到那只装着七拼八凑的礼物的纸箱,为了防止它被碰碎,一双衰老、紧张的手将它层层包裹:过时的盘子、镜子、战前的玩具,还有左一个右一个的不值钱却有魅力的小玩意,一个吸墨水粉盒、一个少了电石的打火机、缺了一只爪的动物形状的存钱罐,它们从无数用报纸揉成的小纸团儿里冒出来——那些东西都不是买的,他们一贫如洗,且偏居一隅,但为了我到处寻觅。纸箱遵循一套心照不宣的仪式被打开:到了之后,他们从车上取下纸箱,放在餐厅一角;我拿眼角久久斜觑着,即便一时把它给忘了,双眼还是会回到它身上,甜蜜地提示我它的存在:因为,我们通常会在饭后才打开它;这件事由克拉拉来做,带着戏剧性的缓慢,那是一种悬念,一种对效果的担忧——鉴于这些物件的价值不高——她懂得如何留住孩子没有耐心的渴望:我想我把她逗乐了,她甚至会觉得我有点傻;一天中只有此时她的眼里才会闪烁着略带骄傲的狡黠。她比任何人都清楚这些小玩意儿有多不值钱，但她不并觉得歉疚：她用高贵而朴素的寥寥数语如数家珍，用少见而精准的手势介绍豁了口的陶器，古老的萨克森陶瓷，小心翼翼地打开一个掉了色的首饰盒，为我们展示一枚铝做的戒指，过去士兵自己做的那种铝环，在她的手指上发出钻石的光芒。

当然了，没人提起那个缺席者；这是不是两家人心照不宣的约定？他们是否在我出庭作证之前，就已率先判定了被告无罪，谈定了会忽略关键的事实，如同审理德雷福斯案的法官们在步入法庭前就裁定"不会问这个问题"？我无从知晓；但如今我知道，那种在缄默中产生的尴尬、沉闷，如宗教圣事般的氛围是什么了，那些有两个祖父和两个祖母的礼拜天滋味是什么了：我们在为一个死者守丧。那具变戏法般消失的尸体是串亲戚的唯一借口；他们聚在一起只是为了这出奔丧戏；当这两位愁苦的老人回到那辆同他们一样衰老可笑的马车时，我不知道我是为谁感到痛苦和怜悯：大概是他俩吧，他们消失在寒冷、眼泪和夜色中，我根本不认识他们的家，那个他们返回温暖与安宁的地方；为那个谜一般的死者；最终也是为我自己，那个狼狈的呆头呆脑的我，不敢调查失踪者的身份,只能在升起的幽影、在母亲怀恋的眼神中、在冻红了膝盖的自己的身体里找寻那具尸体。我诧异我竟然没有死,只是感到无知、痛苦、不完整,没完没了。

我上中学之后,家眷们之间的走动就少了;他们老了,克拉拉驾不了车了;五十年代末,他们还来过几回,但仪式已中断。实际上,那时"我就知道",他们来的时候,天空不再遮着一层黑纱,世界不再到处回响钉棺材的声音;不再有要悼念的人。再往后,他们就不再单独前来;他们趁儿子,也就是我叔叔保罗,路过马兹拉时搭他的便车来;车也换了,还是一辆过时货,我记得应该是换成了一辆尤瓦①,以前那架阴森古怪的破马车可能已经成了堆破烂玩意,或是躺在谷仓的蜘蛛网下,如同墓中的一口棺椁。同一双更颤颤巍巍的手从充满仪式感的纸箱里掏出同一类更破烂的小玩意,我明白这些是从箱底翻出来的,克拉拉也知道这些东西不会再让我兴奋;我脑子里装着其他的事,痴迷于学业的成功,那可比这两个老糊涂重要得多:生活会是美满的,我会变得富

① 雷诺汽车的一款。

有，我不会变老。

马兹拉我去过三次，两位老人生前去过两次，此后就再没见过他们。他们的房子很平常，外墙粗涂了一层灰浆，在村子的中央并不显眼，沿简朴的大路边而建，正对学校；在那里，我认出了从前在罗萨利①闻过的气味，就是他们在深夜步履蹒跚，忧伤地回到车上时的那种味道；我闻到其中的酸味、灰尘和一种无形的折磨，在这种折磨中，衰老的他们再怎么收拾也不得体了。我在其中认出了他们淳朴天真的感情和无可救药的孤独；他们变得温和，在沮丧中死去；我知道我是推手之一，在那里，我触摸到了那些腐蚀了墙壁的"不在场"、无法填补的过去，还有薄情的时间之子，我父亲、我，以及最终被我们取代的整个世界，两个老鬼魂眼中所有的鬼魂，那些被他们拖在身后一直带到穆里乌的缺席者，就像围绕着二老的一道光晕，亲爱的缺席者们短暂而稀少的出现也不足以将这光晕驱散：马兹拉是这片"深重缺席"②的心脏，在那儿，几乎摸得到它；只有死者才会登门拜访；两位老人睁开眼

---

① 雪铁龙汽车的一款。

② 出自瓦雷里的长诗《海滨墓园》。

睛,踉跄着去开门,将你拥入怀中,像是要温暖那些再也无法被温暖的事物。他们一点也没有责怪我:我不还是个孩子吗?

然而那个早晨的我已经快二十了,他们在信中年复一年苦口婆心地催我,我终于作出了让步,很不情愿地搭上了去马兹拉的火车;火车站离他们的村庄约五公里,我走路过去;正值夏季,天朗气清,我惬意地走在树荫下;我一边走一边打腹稿,写信给一个我正在交往的高个棕发女郎,她是一个出身优越的女才子,在平庸的爱情之余,我们希望维持高雅的通信关系,其实,这种做法充满了可笑的学究气;我已经想好要怎么杜撰这次即将到来的探望;我需要大量歪曲,然后再撒点儿谎,绝口不提缺钱的事,不打悲情牌,不谈无可救药的缺席(我们是相信临在①的信众),略过欧仁尼的鼻子、泪水、红酒和令人难受的豆蔻,这些都是那宣称对美报以柏拉图式崇拜的女友绝不可能忍受的。我为他们无法掩盖的衰老容颜化好妆,治好他们的颤抖,装点他们的沉默,好让他们的形象在肤浅的希腊文化迷那里赢得一份荣光。

---

① 指耶稣真实降临出席弥撒圣事。

这样背着他们,我来到了马兹拉。房子还是我说过的样子;某件家具上的一个相框里摆着我不同年龄段的照片:克拉拉说我父亲看到照片时哭了;我看到对称摆放的另一个相框里,全是埃梅的照片。一个缺席者在这座缺憾之屋中为另一个缺席者哭泣,他们像灵媒那样,透过照片、被虫蛀的桌子和弥漫在空气中的气味交流;在这只柜子上,我们的相片似同一座坟茔上两块纪念碑,互致种种卖弄而缺乏现实感的信息;很有可能,我们俩在远离这感人又阴郁的"会面"之地各自生活着,但我们的生活永远是分开的;我俩的这场幽灵集会,如一个被施了魔法的护身符,提示我们不论身在何处,其中一人身上都背负着另一人的幽灵,同时他也是对方的幽灵;我们心照不宣。阳光或许闪烁在一枚镀金的相框上;我抬起头,透过窗看见挂在市政厅三角楣上漂亮的三色旗,国庆日①就快到了;公鸡在邻居的后院啼鸣;克拉拉站在那,瘦得像个死人,大眼睛里磁石般的目光吸在我身上。

不一会儿,祖父就带我去了咖啡馆;夏日的光芒中,

---

① 七月十四日,纪念一七八九年攻占巴士底狱,大革命爆发。

我又看到他笨拙的身影在道路上摇晃，我感到他的手在我的肩上，"他衰老的双臂挽着我的胳膊"①；他很自豪能跟我一起去喝酒，简直飘飘然，他对每一个感兴趣的人介绍"他的孙子"，他珍爱这个字眼，不断重复，傻乎乎，乐呵呵，一边举杯一边嘟哝，要把词和酒一同品尝；他没法让自己相信这么确凿无疑的血缘关系，而且他看出来我也不相信，可能也不在乎；我不可能既是镜框中那个伤感的肖像，又是眼前憨笑着有点微醺的这一个，一个没有主见又自命不凡的小子；而且，他用他连祷般的嗫嚅记录下他想要记住的欢乐，在往后的日子里，当他走进咖啡馆，想起我曾经站过的空荡荡的地方，他会说"那时候你们见过他吧？那是我孙子"，他用动词未完成过去时的优雅代替了巧取豪夺、令人沮丧的现在时。我们喝了好几杯酒，陈旧的铜吧台流光溢彩，就像我记忆中这个夏日的所有事物；离开小酒馆时，明晃晃的太阳下，一股沉沉的醉意令我眼花。

我不大记得那天晚上的事儿了，那攥紧我的手，那满布哀愁和爱意的目光。大概欧仁尼最后又和我去喝了一

---

① 化用魏尔伦《灵魂，你记得吗，在天堂深处》里的诗句。

小杯,克拉拉大概半开玩笑地责备他,大声叫他"老丑八怪";我们的脚步惊起最后的飞鸟,繁星在我们头上闪烁,勾勒出我们临时、过目即忘的剪影。我被安置在一间充满霉味的小房间睡觉,白色床单,虾粉色凫绒被,窄小清澈的窗,像梵高在阿尔勒的窗一样;房间里还挂着阿尔托[①]写过的,"古老的农家护身符",粗毛巾和祝圣蜡烛台;我祖母把花,可能是百日菊,放进一个豁了口的瓶子里——那些像样一点的花瓶,已年复一年一个接一个沉入那为我准备的、不知餍足的杂物箱。清晨,克拉拉进来叫醒我;我刚刚睁开眼,她就往我手里塞了张一百法郎的钞票,那时天正亮,她说她知道作为学生的我最缺这个;她微笑着;有什么发生了,近乎一个事件,我的记忆是这样叙述的:我梦想过的这被巧妙满足的荣光和爱吗? 是一缕阳光让我如此欢乐吗? 是醒来时恍恍惚惚的感觉,让我把另一房间的画面当作我身处其中的这房间的记忆吗? 一束光射入我的大脑,一股无从解释的激情抓住了我;我激动地伸出胳膊;用一种连自己都震惊了的真诚向

---

① 阿尔托(Antonin Artaud, 1896—1948),法国诗人,剧作家,提出著名的"残酷戏剧",后被关在精神病院多年。作者在大学里未完成的论文也是关于他的。

祖母道了声早安。很多年后，我明白了，就在那晨光熹微、完美无瑕的一刻，我的确满心欢喜地爱过她；在这欢喜的一刻，她的出现只是肯定了她的存在，一种既不哀伤也不愁苦，不再苦乐交加的存在，一如我的，一如所有人的；在这清醒的一刻，我短暂地把那沉重而空洞的耻辱放到一边，那种由她带来的父亲缺席的耻辱：她不再是一位缺席之神的通道，不再是用来延续空无的燃烧的祭坛，她只是一个正在老去的女人，一个抗争过，孕育过，跌倒过又重新爬起来的女人；她爱我，那是世上再自然不过的事。

这沉醉，我想把它延长；穿好衣服后，我热烈地去体认所有事物：百日菊还在，抢眼的花色，坚硬的花瓣，生机盎然，仿佛要倔强地一直开下去；透过敞开的窗子，世界向我走来，它穿过绿荫和蓝，在金色的地平线上依稀可见，像一尊拜占庭圣像；没有人会质疑太阳庄严的存在。在楼下，在那间挂着泛黄照片的厅堂，这种对世界圣事般的幻象消散了：天使们飞向金色的远方，我们和有死的生者同在，其中的两个已接近大限；我的父亲不在；我当晚就走了。

另一个夏天的下午，大约是来年，我又去了一次；天气还是很好；我开着车，母亲就坐旁边；我还记得那次愉快的旅行,我们聊着路上的景色,一座罗马式教堂朴素的色调出现在沉闷的乡间麦田,一座铁路桥隐没于绿色的原野,像是我童年时读过的一本小说的插画;公路环铁轨绕了一个大弯,我一点都记不起我们在马兹拉度过的那个下午。我不知道我有没有再看一眼那个小房间,那些照片;老夫妇俩可能也不在家。我见过他们的动作,最后的动作,但我记不清那是什么样的了;他们最后说过的话,他们在风幕后的告别都永永远远地吹散,飘走了;无论何时,我没心没肺的记忆都想不起门槛上那两个蹒跚而哀愁的身影,他们都入了土,却依然在殷切地、悲壮地挥着手,直到孙子的车在他们婆娑的泪眼中被森林吞没,消失在道路的最后一道弯。

欧仁尼死于六十年代末;我不知道他死时的确切日期和方式。但我那时一门心思都扑在一九六八年的春天上。那时,比起一个老酒鬼生命的最后阶段,我有更要紧更高贵的事要操心:在模仿波将金号①船头的舞台上,浪

① 一九〇五年发生在俄国波将金战舰上的一次哗变,起因是水兵抱怨船上伙食太差而被军官枪杀,它也是一九〇五年俄国革命的导火索,导演爱森斯坦在一九二五年把事件拍为电影《战舰波将金号》。

漫的少年玩弄着不幸(他们其中的一些人,要过后很久才明白,是不幸玩弄着他们),我是其中的主角;这个五月激烈的柔情,让女人们急于满足我们的欲望,同时,报纸头条的大标题也赶着讨好我们的狂妄,这一切都比一个老人的死更让我激动;况且,我们都仇恨家庭,当时的社会气息如此;很可能,在我化妆成布鲁图斯①,用全世界最严肃的态度大声朗诵极端自由主义的陈词滥调的那天,那个老小丑的血正在体内堵塞,为他戴上一张红得发紫的凯旋的面具,在千杯酒带来的死亡的大醉中越发醇香,在那场无法模仿的临终的表演之后,血最终回流进他的心房。克拉拉在几个邻居的帮助下,独自把这滑稽演员②的身体埋进土里。他像一条狗一样死去;当我想到自己不会以别的方式死掉时,我感到很宽慰。

没过几年,传来了克拉拉住院的消息:老年病折磨着她,她不想一个人留在那些魂魄中,留在那座粗刷灰浆的小屋里;很可能她只带了几件日用品,装进破旧的箱子,被人放在救护车的后面,散发出我童年在破马车里闻到的气味,还有几张缺席者的珍藏照片;她写信给

---

① 古罗马元老院议员,因刺杀凯撒而知名。

② 意大利假面喜剧或法国木偶剧里面的喜剧角色。

我母亲:请求我去看她;我没去。她又寄了几封信,全都是给我母亲的,后来不再写信;但我们知道她还活着。她并不给我写信:因为我不再是小孩了;我曾不屑于给欧仁尼出殡,任他死去,一言不发。就这样,我否认了我的孩提时代;我急于填满那些缺席者留下的空位,打着愚蠢的时髦理论的旗号,向那些比我还要痛苦忍受缺席的人发泄怨气。我曾经想用词语来塞满自我这片荒漠,编一张写作的面纱遮盖我脸上空洞的眼眶;我做不到;纸页上顽固的虚无传染了整个世界,一切都消失了:虚无这魔鬼胜利了,它拒斥了我,也拒斥了很多真挚的感情,包括一个我爱的老妇人的深情。我没有给她写信。她从我这里没有得到任何东西;哪怕一个装着糖果的纸盒也没有,作为对那些一次次耐心地从车上拖到饭厅的纸箱的回报。后来她死了。我愿意相信,在最后的日子里,有一次,有一刻,她曾记起在一个光线明亮的上午,在百日菊燃烧的小房间,一个满脸阳光的小家伙愉快地向他道过一声早安。

我和母亲最后一次回马兹拉,是她想去给公婆扫墓;我不知道为什么要跟着她一起去;那时我已心如死灰。我沉沦了;至于为什么堕落后面就知道了,反正那时我夸张地指控全世界糟践了我,而我要继续完成这工作。我烧了我的船,自溺在掺了一堆兴奋剂的酒精的洪流中,饮鸩止渴;我正在死去,又好像还活着。站在墓前的时候,我正泡在女巫的这类小锅中,灵魂出窍,而坟墓总是那样,里头一个人也没有。哎,可怜的鬼魂们!在那丹麦王子①佯装的疯癫中,那痴傻恍惚的模样不比站在你们安息的这块土地上佯装死亡的我更甚。我躲到一棵紫杉后面吞下一颗甲喹酮;雨水从湿淋淋的树上流下,浇透了我摇摇晃晃的脑袋;我坐在一块大理石上,用一只迷茫的手擦掉嘴边一抹快活的微笑;关于向你们遗骸致敬的那天,我没有别的记忆了。

我撒谎了:我还记得另外一件事。那天我们去了祖父度过快乐时光的那家咖啡馆,好让母亲能在一个暖和点儿的地方和一个我们偶遇的远房亲戚聊天;我跟在后面,踉踉跄跄,嬉皮笑脸:从那言谈和穿戴都很俗气的女人的话中,我听到了这些:我的父亲,按她的说法,已经酗酒酗到最无以复加的地步,好像还染了毒瘾。没人听到那震荡我孤独灵魂的可怖笑声;缺席的人就在那里,他寓

---

① 即莎士比亚笔下的哈姆雷特。

居在我颓唐不振的身体里,他的手和我的手一起攥紧桌子,他在我的身体里颤抖,最终与我融为一体;起身去吐的是他,在这本书中说完欧仁尼和克拉拉卑微的故事的可能也是他。

班克卢兄弟传

母亲在我还小的时候就把我送到了寄宿学校,不为惩罚我,而是因为当时的习俗:中学离家很远,途经的车站不多,车费昂贵;而且,在一些人眼里,当地人从青春时期就早早开始了疲乏和单调,新鲜的空气和自由只教会了他们一些基本的举止,因此,了解所有事情的来龙去脉似乎才是合理的光荣任务,任务总是新的和不断加码的,与之相应的代价,也许是近乎修行的、罗马教廷的幽禁生活。至于我自己,很久以前就为了去那儿开始做准备。"当你住到寄宿学校……":的确,那里是通往成年的过渡,而只要我想要,我看中的幸福和活着的简单荣耀就会降临;但它不只是一个过渡时期,那是满打满算的七年,在此期间拉丁语成了我的财产,知识就是我的性情,其他学生是我肯定能战胜的对手,作家们是我的同伴:我将接近拉辛,母亲在我的要求下背诵那些我不能理解的句子,这些句子各不相同,但都是平等的、独特的,一句话规律地覆盖另一句话,像钟摆的运动,向着一个遥远的终点前进，而这个终点并不是一天的终点；我将知道那个终点是什么，那些海浪向着什么沙岸伸展；我将有像样的朋友；我将以一种我自己感到愉悦、对方也受到尊重的方式说话，要知道我住在语言的心房里而他们只在其周围逡巡；付出的代价就是闭门不出，尤其是放弃每天见到母亲，放弃和她一起在语言周边的温柔中漫步。命运为自己保存了另一种更黑暗的俸禄，在我眼里，没有言明但明确的、让我抖颤的命运。某一天，许多年前了，我做了一个梦：我的祖父坐在一棵樱桃树上，在完美的天空下的高处，正在采摘樱桃；他哼着歌，我在树底垂涎着可爱的果实；我呼唤他：他转过头，低头对我微微一笑，这时候他的脚踩空了，缓缓地摔下来，枝桠作响，繁多的水果溅了一地。他在我眼前摔得七零八落。然而，他已经对我微笑过了，这份温柔就不能救救他吗？我抽泣着、呼救着，母亲来了。我问她，那些我离不开的人，老人，他们什么时候会死？她逃避了这个问题，想要回去睡觉，想着用一个遥远到孩子以为无尽的期限来让我安心：当你去了寄宿学校，她对我说。我没有忘记。走进寄宿学校就是走进时间，唯一可以定位的时间，从中有永久的损失；我正接近那个免疫力下降的时期，噩梦如此真实，死亡的确存在；我的求知欲将意味着在一些尸体上行走，二者缺一不可。我的祖父母在我刚好念完中学的时候死了，某种意义上我一直住在"寄宿学校"。和母亲的分离没有能让我拥抱别的事物；语言存续着一个秘密，我没有占有或支配过任何东西；世界是一个育婴室，每天我都得从那里"开始学习"，对此我不抱大的希望，但也没有学会别的姿态。

因此，十月的某一天，母亲带我去了这间魔法屋，我以为我会像蝴蝶一样从这里飞出来。中学坐落的山丘种植着正在掉叶子的栗子树；褪色砖块和花岗岩交替堆砌而成的高大建筑，在乌黑的天空下，天花板失去了它的青黑，显得格外耀眼。在我看来，它有多个面向，有棱有角，而且是致命的，像一座庙宇般千岩万洞，像一个有着长矛轻骑兵和半人马的军营。如果先贤祠和帕特农——我记得名字不过总是记混①——在此相似，我不会意外。也是在那里匿伏着知识，一个古老的、虚幻的不过是贪吃的野兽，把你从母亲的身边带走，在你十岁的时候，把你交给世界的某个幻影；从此风于局促不安的栗树林之上摇动。

---

① 法语里"先贤祠"（Panthéon）与"帕特农"（Parthénon）神庙的拼写和发音接近。

下午在各种入住的手续中溜走；母亲在洗衣房、宿舍、自习室忙前忙后；我的名字贴在了壁橱和一张床上。我不认得那里的我自己了；我的身份就在那些裙摆中，我恐惧和羞愧地跟在后面，那些笨拙而冒失的男孩，他们的在场禁止我蜷缩在裙摆下，我再一次变得渺小，放弃了我荒诞的特权，行使这些特权让我害怕。夜幕降临了，我们分开了；我的心冲向离开的母亲，她乘坐旧时的轨道车，沮丧地去到我不在的穆里乌；我沉重的身躯在这里做什么？晚自习的课间娱乐把我扔斥在外；在黑暗的庭院里，狂风卷起所有奇怪的弄皱的纸屑，月朗而晦暗，摊开的报纸突然起飞，凭借一股微不足道的风，直刺夜空，白茫茫一片幽灵般地，像群猫头鹰一样在风中打转直至暗淡下去。我也在这些细微的消失中陷入深渊；我哭泣并遮掩我的泪水。另一些像我一样呆头呆脑的新生，扎根在长长的操场，睁大眼睛看着弱小的东西掉进阴影斑驳的深井；操场的黄光打在他们低垂的头上，弱化他们、孤立他们，他们只敢做些小动作，摸一摸口袋里的裁纸刀，愚笨地缓缓看着他们的新手表，尝试迈出一步又很快后撤，悄悄弯下腰捡起一颗栗子，然而并不知道拿它来做什么，剥掉一点点神秘的表皮，栗子就消失在校服口袋里，然后不再被想起。其中几个人消隐在他们的贝雷帽下;另一些,校服太长了,像小老头一样飘来飘去;他们知道自己很蠢,他们意识到自己所有的举止都透着荒唐;他们的心是沉重的。

有时,从远方奔驰而来的半人马穿过坑坑洼洼的庭院跃入黑暗,一群年纪大点的男孩突然出现。他们身后开了口的校服漂浮如骑士的披风,露出一只耳朵的贝雷帽给他们一股逞强的气息;他们学会了如何夸大你破衣烂衫的失礼,并把强加的丑陋宣称为优雅,你可以把自己裹进去,把它做成你的光荣,成为别人:只要他知道如何穿搭,每个中学生都在校服下面藏着大个儿莫纳[1]先生的背心。这些衣着讲究、样子可笑的青年建立了统治地位。他们围着一个低年级男生转圈,他无助的困惑伴随着粗糙的、花式的问题和嘲笑变得越发强烈,按照反常的、立马可以预测的判决结果,他只能最终作出反抗或哭成泪人;不管是哪种情况,他都会被打,不管是他们对他的这种不合时宜的叛逆行为表示愤慨,还是他可怜巴巴的样子让他被当作女生看,为此,他吃了耳光。督学视而

---

[1] 法国作家阿兰-傅尼耶(Alain-Fournier, 1886—1914)同名小说主人公。

不见,这一切都在情理之中。当折磨他的人消失,受害者吸了口气,聚精会神地看着地,同时整理他的贝雷帽,在口袋里重新找到他的栗子;剥不开的棕皮再一次让他惊讶,栗子平滑无裂缝的表皮合他的心意,伴着这份充盈之感,他痛苦地在那里迷失了自己,所有的事情都如是:不透明,自我封闭,臣服于不朽的、难以捉摸的法则。盲目的风满怀激情地抓住树叶,一边撕开栗子壳一边扔掉它们、碎裂和裸露它们、推挤它们来到世间,没有眼睛的栗子在我们的眼皮底下滚动了一会,然后停下来。

轮到我了,反抗和眼泪,我试着先用一招防御再用另一招,然后知道我坚持什么。巨大顶篷把庭院的三面围住,把它提供给了我的悲伤;我的脚步和幽暗的愉悦,带领我去向最多风的和最孤绝的极端。在那里,外面的风肆无忌惮地从比我们高的墙上灌进来,从墙后我们能辨别出暗夜里倾斜的荆棘地和那时把学校后门弄得一团糟的狗牙根①。一扇玻璃门朝向光秃秃的楼梯间,很宽,但很破旧,无可救药地沾满灰尘,不停地和细风搏斗;唯一的光线来自悬挂在楼梯一层的电灯泡,它反射在玻璃门

———————

① 多年生草本植物,原产非洲,广泛分布于热带、亚热带和温带地区,耐热、耐旱、耐践踏。

上的微弱光线甚至够不着操场的边缘；一阵冷雨已经平缓地下过了；报纸在原地被打湿，沉重得再也飞不起来，陷进土里；另一个新来的男孩在那里，在黄色的灯光和风中，双手交叉。

他没戴帽子。（但这些我让他们戴上贝雷帽的男孩真的来自我的童年记忆吗？他们不会是穿得更穷酸、更不起眼、更骇人听闻的蠢货吧，通过一些古老的书籍，我高兴地让他们变老也让自己变老，我把我们一起埋葬？我不能决定。）他的头发在前额乱成一团，卷曲下垂，厚厚的，红黄相间，鬓角和后颈几乎都被推光了；微弱的光亮照亮这缕头发，除了凸起的、略显臃肿的下巴的一丝苍白外，无法从任何角度看到他撤退到夜色中的脸庞。在这些阴影里，他的凝视大概是向我投来的，那是一种怪异的决定。他的校服外面套着一件袖子太短的绒面革外套，也是红棕色的，变形的口袋因装着神秘的东西鼓了起来。伴随着觊觎之心，我预感那口袋里装着一堆乱七八糟的旧货和一些男孩搜罗来的护身符，在这些有点杂乱的收藏中也有至关重要、精确而反常的律例，但随着年岁渐长，它们就会像自然法一样令人生疑，尽管它们都是不可逾越的。我没有长时间观察他的闲情，大点的男生来找我们麻烦了;他们已经拿我开涮过,记得那时候我是被撂在一边的。他们转向年纪更小更低调的那个。

单调的考验开始了;年幼的逃脱了不久,高年级的就在雨中抓住他,雨给这群人蒙上了一层淡淡的蓝晕;我小心谨慎地保持距离,但很快我开始倾听,有些不对劲。其中一个声音,不再是讽刺也不伪装,而是粗鲁和易怒,斥骂的和恼火的声音;我辨别了出来,而且很快,别的人都沉默了,如同被吓到,或者被俘虏,除了那个孩子响亮的声音,我再也听不到任何声音了。他说的话,同把我惹哭的那些话,意思没什么不同:同样是诡辩、荒谬的质问,同样是审问般的刁难,和毫无出路的催告;但所有虐待狂的快乐,所有随随便便行使的支配权,越来越随意,已经脱离了以下话语:因为不用心,或许是太用心,也就不能调整语调。这颗心讲的,是残废和激化的愤怒,如同那个大一点受害者的啜泣,受害者在折磨他的刽子手面前,想象着爱情的失意,以此来自我报复,他要用使他呻吟已久的刑靴和拇指夹,但他不知道怎么用;他亢奋的手在颤抖,这样一来,刑具就掉在了地上,摔碎,他在刽子手无惧的眼皮底下被带走了,徒劳地嚎叫;然而小一点的不是那么无动于衷,我看见他宽大的脸颊在颤抖,但在他对面高一

90

点位置,另一面宽大的脸颊也在颤抖,同样的雨水或同样的泪水从他们俩身上流淌而下;两张被黑暗夺去的脸,却在闪电中透出同样的灰白色,风吹起两头相似的乱发。两个孩子都在这镜子游戏中受了苦。他们像是一对兄弟。

大一点的吼得越来越高声,开始用尽所有短拳的力量打击,糟糕的几拳。上课的钟声没有打扰到他,电铃长时间地回响,刺耳的声音伴随着雨和风,单调慌张如一颗流星,他在没有意义的胡言乱语里坚持着,对所有人都像是静音,只对他自己怒吼着,暗暗陶醉在这暴风雨般的静默中,让他声嘶力竭,让他身子一瘫。一些完美的事在那发生了。我们回应了上课铃的呼唤,小一点的成功地追随了我们;当我们离开后,大一点的留在原地,一言不发,满腔仇恨的姿态结束了,他的目光和在黄昏桥墩上流淌的雨水混在一起;我们排队站在教室门口,在校服的气味里,我最终看见他开始移动,一开始是慢慢地,当我听到他沉重的脚步跑过黑夜中的泥泞地面,跑向初三的教室,我就看不见他了。

今天,我不再知道如何把班克卢兄弟和那场把他们带到我面前的雨，和被一只筋疲力尽的灯泡染黄的风，分开了。我还能看见弟弟在我们爱过的愚蠢游戏里出色地发挥，这是一种决斗，每个参与决斗的都有枚栗子，中间凿空，用线串起来，规则是要击碎其他同样用这种方式配置起来的栗子；我看见他谨慎地移动，如同他在教室里拆开他蹩脚的收藏，残缺的锡兵、上色的核桃、大串的钥匙，后来还有女人们的照片；我能分辨他被成年声音偷走的死掉的童声，我想念五月阳光照耀下站在主操场的哥哥，玩着手球，咬紧牙关，所有的骨骼，笨拙而有效；他倚靠着一株栗子树，栗子树的麻木和静默温柔地怀抱着他自己的麻木和静默，他用舌尖触及碎掉的牙齿，校服的灰色淹没在树皮的灰色里，他不在那里了；然后他大声叫嚷，我在操场亲眼看见他掷向我的盲目愤怒。我看见他们在这么多地方，在这么多不同的年龄段相互对峙，很可能，今天还留在下面的那个人，有时会在脸上感到一股子气，在胃部感到一记幻影拳，他再一次举起盾牌挡住要被云朵带走的轻盈弟弟，但他俩的徽章，他们在那褪色之夜的大衣，这个结束了最美童年的开端之夜，这个摇晃进冬天的秋天，他们粉笔灰的轮廓在那个冬天永远定格。

他们很有冬天的气息。他们泥泞、执拗的名字没有撒谎:他们也是地地道道的弗拉芒人,大概因为遥远的祖先,这倒不重要,重要的是那些名字所透露的相貌和灵魂。班克卢兄弟是某个中世纪的、灰头土脸的,而且说白了是弗拉芒疯子的后代;我的记忆把他们引向了北方;他们漫无目的地缓慢前行,直至在一片泥煤地上相逢,四周被大海包围,只能徒劳地扩张,圩田和侏儒般的土豆在梵高早期画作中处在巨人般灰暗的天空下,老大也许满脸雀斑,手里摇着拨浪鼓,或者如《伊卡洛斯的坠落》①近景中穿着棕褐色长裤在耕作的农奴,更年轻的老二,更文雅,仍旧穿着巴达维亚②服装,也就是说外省的、湿漉漉的二手衣服,戴西班牙环领和佩托莱多③剑。他们的脸,我说过了,呈石灰色;石头般坚硬的颊骨从易剥落的颜料露出;他们清教徒的苍白脸色没准适合哈勒姆④新教徒凶神恶煞的高帽子,帽子下面是一只黯淡且失去理智的代尔夫特⑤蓝眼睛,却没有失去看见地狱浮冰的视力,眼

---

　　① 荷兰画家老彼得·勃鲁盖尔(1525—1569)的画作。伊卡洛斯,希腊神话人物,因飞得太高,蜡制的双翼遭太阳熔化,跌落水中丧生。

　　② 罗马帝国时代巴达维亚人所居住的土地,今天荷兰的一部分。

　　③ 西班牙城市。

　　④ 荷兰城市。

　　⑤ 荷兰城市,盛产蓝色瓷器。

图 1　老彼得·勃鲁盖尔,《伊卡洛斯的坠落》,1560 年,
比利时皇家美术馆

睛把它们带到人间。那不羁的金色眼眉无所表达，太苍白以至于不能愤怒，太繁茂的固执以至于不能欢乐；但是从厚嘴唇颤抖的方式，足以看到他们是在忍住泪水。让我们离开这个布拉邦①的传奇故事，让他们互相扭打起来，重新变回小孩。

雷米·班克卢，小的那个，和我一个班。他性格开朗却不善社交，这种开朗的表面有时会开裂，透露出古怪的冷漠底色，一种令人害怕的、坦荡的沮丧。我记得某个春天的晚自习；我能清楚地看见雷米坐在我前面靠窗的位置，栗子树的气味随着白昼的沉落而升起，冒汗的蓬乱头发浸泡在教室里，暴烈如同花的芳香。他那时候的收藏（他总是在换，有了新欢就换了旧爱，或者有时根据没有预见的联结把它们并置在一起）有钓鱼要用到的鱼竿固定器、浮标、飞虫、诱饵，绑在邪恶鱼钩周围的闪光羽毛；他把这些都摊在课桌上，用一个文件夹象征性地挡着，他瞧着藏品，互换它们的位置，若有所思，一开始还有些犹豫，但渐渐陷入长时间思考，就像我们见过的棋手那样。督学注意到了，所有的收藏都要被没收。小孩子赌气，就

① 尼德兰王国的行省之一，今属比利时，分荷兰语区和法语区。

95

从他有着千般褶皱的仿麂皮外套里取出了一只有着彩虹色羽毛的飞虫，一只最美的，被藏起来的奇迹；他把它放在掌心注视着，让它在夜光中动了动，他石化的脸显得更突出了。突然，他发出了一声大家都听得见的笑声，短促而嘶哑，像是在啜泣，没有挑衅亦无气恼，但一如祭祀的狂热者一般，他把这细弱的光点抛到窗外夜已深沉的叶丛中去了。督学只贴了个冷脸，就像在崎岖的道路上一辆手推车碾到一块石头。

那个时候在 G 城中学有一个拉丁语老师，经常被我们起哄，大概也是出于讽刺，我们叫他阿喀琉斯。他既不尚武也不冲动；古代密尔弥冬族人①的高贵王子和他之间，只有身高和掌握荷马的语言是共同点；他是一个又高大又难看的老人。我不知道哪种疾病夺去了他的头发、胡子和眉毛；他戴着假发，但任何伪装都不能改善那张无毛的脸上痛苦的赤裸表情；这不是一张能掩饰的脸，相反，这是一张肤色强烈，贵族的、凝重的，充满了现在已被毁坏的感性的脸，凌人的鼻子和颜色依旧鲜红的大嘴唇。这栋建筑所缺乏的东西，让他极具喜感、病态和戏剧效果，如同一个嗓子

① 阿喀琉斯率领的军队传说来自密尔弥冬王国，骁勇善战，号令严明。在现代的欧洲语言中，该词往往指严格服从命令的人。

坏了的老阉伶。他走路很挺拔,着装有品位,喜欢小哀歌。维吉尔在他的口中开怀大笑;笑的暴风雨迎接着每一年的开学,甚至第一年入学的新生也加快步伐,他对自己的无能为力感到不甘心;他超过了搞笑的基准线,他知道,精神的力量和内心的善良是以一种嘲弄的方式赐予他的,没有适当的身体,就什么也不是。

没有谁比小班克卢更无情迫害阿喀琉斯了。最过激的侮辱,最不怀好意的笑声,折磨着他。阿喀琉斯不为所动,专注于他的那些作者,在黑板上给词语变格,描绘古罗马的七丘或迦太基的泊地。在他背后,淫秽的押韵改变着诸神和英雄的名字,汉尼拔的大象成了马戏团的动物,塞内卡①是个一点也不可靠的江湖骗子。这种事,说真的,阿喀琉斯见多了:蛮族攻陷罗马,凯撒在匕首后认出儿子的眼睛,一次次失去欧律狄克②,这都是太久以前的事了——还有不到一个小时就能下课。他也有被惹恼的时候,绝望到冷静,于是他走进斗兽场,悲伤地击打触手可及的一切,但这些打击只会让我们更加兴奋。我们

---

① 古罗马悲剧作家,政治家,斯多葛主义哲学家。
② 俄耳甫斯的妻子。俄耳甫斯曾去地府将她寻回,但因没有遵守不许回头的诺言,致其消失。

都参与了这场厮杀。但那致命的一击，即我们知道铁定会奏效的决定性话语，通常来自雷米·班克卢，足以让阿喀琉斯嘴角抽搐，或在他朗诵到一句诗的正中时让他瞬间在一阵愚蠢的沉默中窒息。正是雷米·班克卢组织了这场悲哀的恶作剧；正是他不计成本地要实现目标，用浸染了邪趣的小嗓子里所有的力量，用一切不被理解的、迟钝和下流的句子，在农场家里，或者在冬季的周日夜晚，在一间间冒烟小酒馆的门前，一个胆怯的孩子不敢跨过门槛，催促他醉酒的父亲该回家了。必须说，他有些个好理由：阿喀琉斯喜欢罗兰·班克卢，他哥。

罗兰完全不一样，但又是如此相似；他当然也会无理取闹，但他的荒唐完全没有顽童的乖张，没有那种疯狂中带点阴沉的玩笑，这些都是小伙伴们崇拜雷米的原因；他的怪诞更纯粹、鲁莽，简直一无所有：没有小玩意，没有眼花缭乱的收藏，也没有反叛的轰动之举。孩子气的法则对他来说没价值，没什么能令他自豪，没有观众，没有拿来取乐的对手，也就是说，所有人都不是他的对手。他读书。读的时候，他皱紧了小野人的眉头，咬紧了他的牙关，厌恶地撇撒嘴，如同一阵永恒的必要的恶心无可挽救地把他和那些或许关于仇恨的篇幅绑在一起，却含情脉脉地剥皮,像一个十八世纪的放荡主义者一点点地肢解另一个受害者,很细但只是为了肢解,毫无品味可言。他在课外坚持这项恶心的活计,直到食堂用餐时间,或课间休息时间,在操场吵闹的角落里,他隐忍地①蜷缩在一株栗子树根,沉浸在显克微支②的《你往何处去》或别的拷问着他的关于古罗马传说的儿童读物③里。他的拳头很硬;只要有一点儿冒犯的想法,他就会飞快地给上一拳,而且,他不厌其烦,更欢快地捶打着冒犯者,他滑稽的邪趣和恒久的鬼脸,引得我们掩袖偷笑。就这样,他读着书;他走向操场尽头的小图书馆,离我第一次见他龇牙咧嘴的黑暗角落不远;如果他遇到了他弟,他们就会像猫一样嘶嘶地叫,冰冷、诡谲、猛烈得听不见世界的声音;然后各走各路或再次撞见,柔情地轻弹对方耳朵。我疑惑于他们在圣-皮里耶斯特-帕吕斯那边度过的星期天会是怎样,他们好不容易才从那里出来,在朝向让蒂乌的嶙峋高原上,在位于这片荒地(欧石楠和清泉都难以用粉红和清凉擦破其粗糙护甲的贫瘠花岗岩)的农舍屋檐下阅读《萨

---

① 原文为斯多葛主义的。

② 显克微支(Henryk Sienkiewicz, 1846—1916),波兰作家。

③ 原文为"绿色图书馆",指的是伽利玛出版社一套著名的少儿读物,介绍历史等知识。

99

朗波》有着说不出的喜感;什么样的藏品能从中萌芽? 包括收藏的想法本身,而不是积攒不起的系列和流转不变的四季,在父亲疲惫的誓言,羊群的头颅之外,怎么降临到你们头上? 但我能看见他们,他们的小物件在冬季早晨六点被乱七八糟地丢在大桌子上,在灯下蜃景中,书籍和陀螺被大桶里的鲜奶溅污,我能看见他们,轻松自如像他们的母亲透过窗看见他们的模样,在夜色将至的旷野中,不停地追寻、靠近、认出、拥抱,一拳又一拳地,再一次互相奉献,把他们的痛击交给黑松林,交给鸥鹙的首飞和附着在地的群狗,后者向着这些振翅之鸟狂吠。虔诚、变丑的小祭司们,嘴唇破损,眼泪苦涩,而古老的风在翻涌的松林胡髭中,对他俩当中的谁投去了更青睐的目光? 也许有人选择其一同时毁掉另一个,或者选择其一为了更好毁掉另一个,只是我们依旧不知是哪一个。

所以,阿喀琉斯,偏爱班克卢兄弟中的老大,完全是顺着自己古怪忧郁的性子,好像诚心要在破碎的生命中赌上自己的名声。每当下课铃把疲惫的老文人从小地狱的时间里解放,小恶棍们从他两腿间开溜,他再也不去理会他们的嘲弄,而是迈着高贵的步伐穿过空旷的庭院,缓慢,如迷醉在某个平静的梦中,这时罗兰总会突然出现,仿佛是刻意制造的偶然，并非迎面而来，而是在几米开外，在那条迷梦之路的一侧，他们因此相遇。尽管他们立马就从眼角注意到了对方，离开庭院的老人（也许同时掩饰一个戏弄又愉悦的微笑）和年轻的男孩翻阅着让男孩感到恶心的某本经典传奇的书页，不出意外地等待着彼此，他们像演戏一样在最后认出彼此的一瞬流露出对他们不期而遇的好运气的惊讶。阿喀琉斯停下，走近，欢快地提高嗓门，重重地把手放在那个羞红了脸的孩子的肩头，发出温柔的责骂；老人耐心地提问，带几分戏谑地叱责，问他最近在读什么书；男孩嘟哝着，笨拙得略显惭怍，给老人看著作的标题；于是阿喀琉斯戏剧性地松开肩膀，退后一步睁大傻眼，打量着罗兰，模拟令人生疑的称赞，像展开一面拂过老阉人脸的旗帜；在这高亢而开化的声音中，在古老语言闪电般的省略里被打断的，却由于在咆哮的海洋上被铺展了这么久而产生共鸣和强烈的声音，就像尼普顿发出"我要"的恐吓怒吼[1]，他说了类似这样的话，"啊，太厉害了，太不可思议了，所以你已经在读福楼拜了？"小孩的脸像他蓬乱的头发一样被点燃，厚脸颊在欢笑和泪水之

---

[1] 见于维吉尔《埃涅阿斯记》第一章第一三五行，海神尼普顿，即希腊神话中的波塞冬。

间犹豫，如此珍贵的书，如此可怕的书，在他笨拙的手上沉甸甸的可怕之书，两面三刀之书，好啦，阅读是好事，那么多个小时研读的沮丧因为这个瞬间都值得了。老秃头和小毛孩儿共同走一程，朝着食堂和大操场之间充满油烟味的过道远去，时不时地，我们还能看见阿喀琉斯停下，后退两步，毫不掩饰地向小家伙投去赞许的权威目光。他消失在汤的恶臭余味里，反刍着福楼拜，出于挚爱或谁知道是什么，小孩则把他困惑的迷醉留在那里，漫步一小会儿，坐下来，重新打开书，什么都不懂。

此去经年，这份惊人的友谊没减弱半分。阿喀琉斯后来成了罗兰的监护人，也就是说每周四和周日下午两点他来寄宿学校接罗兰去他家度过下午，在他没有孩子的家里，在他的妻子旁边，我从来没有见过他的妻子，但我猜她很会做蛋糕，是个有耐心的女人，坚定地支持一个古怪的男人，他的丑陋和不雅折磨着她，所以过去她很可能悄悄苦涩地责备过他，但是经年累月，同样的荒谬不放过我们每个人，她转变成了一个对万物都笑意盈盈的老妇人。还有一种欢愉，大约是的，那种经常被生活击溃的，略带疯狂的欢愉，就像在古代修女和高龄女酒鬼身上看到的那样，相比那些古罗马作家和命运，这份欢愉复照在老头身上，让人怀疑是靠着这个，阿喀琉斯得以在喧哗的人生中继续走下去。我不知道这段时间老人和小孩是怎么一起度过的；但某个周四，当我们沿着博美尔的大路一起"散步"的时候——那种排成一排的乏味行进，由一个学监管教，外出看起来对我们的肺有好处——我看见他俩慢慢走到森林小路，高拱的枝桠就像绘在他们头顶的天堂，"在这有着舒缓音乐的树丛下"①，像两个博士在深入讨论，阿喀琉斯做着手势，面有愠色的小清教徒不时打断他，然后让他再讲，秋风吹拂着他们满载学术话语的大衣，他们的形而上学有点荒唐，但非常直率，以至于头顶专注的叶簇也侧耳倾听，哑默而友善；从散步的行列中，雷米痛苦地投去了几瞥，把驰道的长度一直延伸到那边的两个小点，当他被激怒的嘴试着要讽刺和嘲笑时，他的心也许和他们同在。

但到了高年级，我想说当班克卢兄弟又长了几岁。在那之前就是有书的，阿喀琉斯一点点地给罗兰提供的书籍，从他巨大的公文包里取出来，悲伤的翻烂的缺了页的普鲁塔克②有着蹩脚过时的注释。这本书，也许系着饰带，突然从崭新的书皮里涌现出来，跟拉丁语学者

①　魏尔伦的诗《在天堂深处，你还记得灵魂》中的一句。
②　古罗马作家，著有《希腊罗马名人传》。

那双衰老的手格格不入。有儒勒·凡尔纳①的几本书，当然也有《萨朗波》，插图删节版的米什莱②，从中可以看到路易十一戴着他那顶守财奴的小帽，俯身于厚厚的编年史书上，那是圣德尼高傲的僧侣们，在国王宠爱的可恶剃须匠轻蔑的注视下，毕恭毕敬呈上来的。翻过几页，在一张夜间森林的阴森图片上，聚集着憔悴的男子和逃逸的野兽，其中有那位守财奴国王至死都讨厌的可怜人，勃艮第的大胆查理，这位夏洛莱的堂吉诃德③，高贵、慷慨、脾气暴躁、多次战败，在他输掉最后一场战役的翌日，这具尸体，在"赤裸和冻僵"④的尸骨堆中，和勃艮第、布拉班⑤的旌旗，和他们虚张声势的纹章一道偃息，曾经的公爵兼伯爵伏在冰面上，人们试图把他拉上来的时候，发现公爵的肉体，他的鼻子、嘴和脸颊被牢牢

----

①　法国科幻作家，代表作有《海底两万里》《八十天环游地球》等。

②　米什莱(Jules Michelet,1798—1874)，法国历史学家，著有《法国史》《法国大革命史》等著作，文辞优美。

③　在父亲去世前，大胆查理的爵位是夏洛莱伯爵。

④　这个表达来自米什莱《法国史》中世纪卷的第六章"路易十二和大胆查理(1461—1483)"。米雄在有关法国大革命的小说《十一人》中也有对米什莱的深入思考。

⑤　布拉班公国，中世纪低地地区的公国之一，今属比利时。一四三〇年被勃艮第公国的菲利普三世吞并。一四七七年勃艮第公爵大胆查理死后，统治权归哈布斯堡王朝。

地冻住了。古代洛林公国的狼群张大嘴叼走了这块败北的、自愿献上的肉①，他曾经多么倔强地渴望帝国和灾难，为此他策马奔驰、密谋良久、被围多次、牺牲平民，这次发动的战争彻底失败了，在最后的日子里，他绝望地沉溺于杯中物。② 两天之后，一四七七年的主显节③，人们在这古早时代的极寒中找到他，当此时，另一个默默无闻、眼含泪水的剃须匠，更习惯于打理查理的胡子而不是政治，趴在这具被屠戮的尸身上放声痛哭，我们可以在图片的说明文字部分读到这个故事。古代的编年史家们告诉我们那天他说过话，因此他真的说过话，他不稳定的呼吸吐出一块小小的、快速消逝的云彩，如同奇迹我们听到他说"啊，这是我和善的主人"，然后让人把尸体体面地抬走，"裹着精美的布料，安置在乔治·马尔奎斯宅邸内的一间里屋中"④，在南锡，亲王们终于摆脱了这位刚愎自用的兄弟，

① 一四七七年一月五日，在洛林公国首都南锡的郊外，勃艮第公国与洛林公国交战。最终，洛林公爵勒内二世联合瑞士雇佣兵取得胜利，勃艮第公爵大胆查理战死。史称南锡战役。此处的狼群指代胜利者。

② 大胆查理是个嗜酒如命的人。

③ 基督教节日，每年一月六日，纪念耶稣降生为人后首次显露给外邦人，即东方三博士。

④ 大胆查理的尸体被曝置在乔治·马尔奎斯（Georges Marqueix）卧室的床上。这间房子位于南锡大街三十号，今已不存，只留有洛林十字架的图示和一四七七这一年份。

图 2　夏尔·乌里,《在南锡战役后人们发现大胆查理的尸体》,
1862 年,南锡,洛林博物馆

一直以来,对他的追随就是他们存在的理由。他们来看看他留下了什么,然后在这儿平静地哭一会儿,他们自身最好的那一部分,跟着死了。面对这完美的垮台景象,罗兰在想什么?他经常看着这张插图。我曾经请他展示给我看,完全出乎预料的是他接受了,带着一点点屈尊纡贵,他已经读过图片提到的文字,因此知道是个怎样的故事,甚至非常愿意评论几句,罗兰一开始犹豫不决,然后粗暴而有火药味,他告诉我他天马行空的解读,他认为那些微不足道的特征之间都有关联,而这肯定不是插画师的原意,他认为他可以说出谁是大胆查理的人,谁是南锡的自由民,谁来自勃艮第,谁来自弗拉芒;开面大的轻头盔表明他是公爵,那个少一些自命不凡的尖顶头盔说明他只是一个男爵;所有在景深处的阴影之物,长矛轻骑兵或者黑色的柳树,落雪和夜色使它们变得模糊不清,那些像是马匹的动物与那些突出的长矛上挂着军旗的人混在一起,那是勃艮第王兄兼领主本人最后的战场,他在那里出现两次,第一次是作为一具腐烂的尸体,更空灵的一次则是,所有前天就颤抖的死者们在天堂的门前等待,在那儿,圣乔治①

① 基督教殉道圣人,屠龙英雄。

穿着盛装，帽舌低垂，头冠发出光晕，脖颈间绕着金羊毛，欢迎他们，并哭着把他们紧抱于怀中，让他们围着圆桌坐，那张散发着热酒香气的永恒餐桌。这些惊天动地的胡言乱语，这样不合常理的巨细无遗，几乎是占卜术，使得罗兰皱眉：他当然知道这一切，而这一切使他受苦，他从中提取荣耀的努力是徒劳的。在他狂热的注解中仿佛有种对诠释的恐慌，先验的忧愁，肯定会有可怕的错误或遗漏，而且，即便他努力让人什么都别信，他还是因为自己没资格而痛苦：一个卑劣的瑞士步兵，一个严守军纪的庸才，导致大胆查理的死亡，而且他坚信自己会下地狱，会把自己藏在勃艮第光耀的浓荫中，等待天堂赏赐的份额，这就是罗兰读这些书想到的。这就是为什么他通常从不谈论自己读过的东西，也就是说谈论自己的欺瞒；今天我认为，如果他愿意跟我谈谈这幅插图，谈谈那个被残忍杀害的"表亲"的故事——这位"表亲"不再为人嫉妒，而是有一个谦逊之人为他哭泣，与此同时，远方那位叛变的兄弟，那个神圣编年史的读者独自在普莱斯-雷-图尔①，感到一座由悔恨和阴暗的欢腾所构成的主塔的巨

---

① 位于图尔附近的城堡，路易十一的行宫之一，他在此去世。

大阴影坍塌在他身上——如果说罗兰认可这些说法，那是因为它表达了，当书籍无法满足时，至少还有许许多多不可或缺的活力，许许多多罗兰隐藏起来的、无关文学的远古激情，被净化，在高贵的文字中得到书写。

这段往事里也有吉卜林①的书。

那是我初二那年，我记得很清楚，因为我那时候没有阿喀琉斯这样的阅读导师或赞助人，我独自一人发现了《丛林之书》②。罗兰，应该是在上高一，收到了同一个作家的书，这既让我肯定了自己的阅读能力——这不是个只适合小孩看的作家，就像柯伍德③或凡尔纳，我开始为他们感到羞耻，后来却因此更加喜爱——也让我很嫉妒。这是一个精美的版本，也有插图，但不是以古斯塔夫·多雷④效仿者的灰暗史诗风格使米什莱的书暗淡的方式，而是用精致的水彩画，画面精细如蛮族的殿宇，远处是喜马拉雅山脉，热带丛林里结着宝塔状的

---

① 吉卜林(Joseph Rudyard Kipling, 1865—1936)，英国作家，1907年诺贝尔文学奖获得者，作品多描写英国在殖民地印度的生活。

② 吉卜林的动物故事集。

③ 柯伍德(James Curwood, 1878—1927)，美国冒险小说家。

④ 古斯塔夫·多雷(Gustave Doré, 1832—1883)，法国版画家，文学作品插画家。

有毒果实，再近一点，人力套车载着美丽的撑着小阳伞的维多利亚女士们朝向谁知何种快乐的去处，直到御象的脚下，象背坐着由玫瑰、杏仁和橙花装饰的印度王公，而在近景中，爱做梦的、修过面的、谦恭和贪婪的绅士无赖们，华服镶边，因穿戴传说中印度军队同一种猩红上装和完美头盔而难以区分，平静地沉思这个世界，喜马拉雅山脉，蓄须的国王和小阳伞下柔软身段的女士们，这个世界曾是他们的牧场。（可怜的阿喀琉斯，世界的牧场，这一切对他到底意味着什么？对来自圣-皮耶斯特-帕吕斯的班克卢家的儿子们呢？）黄金，邪恶的或荣耀的，任何形容词都能无差别修饰的黄金，黄金在那里面"像油脂在肉里"[①]流淌；就像不屈不挠的血液流淌在沉重、珍贵、穿着旧时不合身衬裙的肉体里；就像在那些寡淡、礼貌的茶叙时间，那些英俊的上尉无动于衷的眼中，可怖的野心充满着粗暴的骑行和血腥的亵渎，沉浸在威士忌里。所有这些无法触及的豪奢必然让罗兰激动不已，尽管是徒然的。带着一种近乎欢喜的认命，他或许在那些他认为更接近自身，更符合他将来样子的图

---

① 《丛林之书》里的句子。

片上流连忘返，那些手足相残的堕落图景，就像这一张，一个疯子扛着一个满是污垢的袋子，在猴子们的讥笑声中穿过丛林和稻田，我们能猜到那个袋子里装着的是一个曾经想做皇帝的男人晒黑的头颅。

当然，罗兰不想分享这些图片，但我多次从罗兰的肩膀上方偷瞄到它们，特别是有一回，完全从容不迫的一回。还是在教室，正如说过的那样，在较低的年级，我坐在离雷米·班克卢不远的地方。从红色外套的一个口袋里（他穿着它至少到高一，它越来越皱，越来越缩，越来越没型），他掏出几张硬邦邦的、被胡乱折成四折或更甚的纸，折痕处已经破损，他漫不经心地将其展开、抹平，然后带着一点讽刺又热情，同时烦躁不安的神情看着它们，就像面对一道数学题时那样专注。我惊愕地在此举中认出了戴头盔的高地人①，有饰带的女式外套，大象和国王。雷米并不吝啬；那天的督导也是个老好人，堕落的图片得以传来传去。我感到惊奇，也有些害怕，贪婪地迷失在这些财富、远方和凝固的力量中。雷米高高地昂起他那傲慢的粗下巴，紧张而满意地注视着这帮小家伙争抢他从

---

① 生活在苏格兰高原地区的居民。

罗兰那搜刮来的战利品,就像一个骑在大象背上的印度兵①首领,在欢呼声中指挥如何慢慢处死英王陛下②的军官们。雷米走出教室,罗兰在等他。

罗兰的脸色苍白如蜡,我想说,其咯血的苍白如弗拉芒清教徒的脸色,准备把剑刺向偶像崇拜者们;他不着一词,还活跃的只有不耐烦的拳头、被激情淹溺的痴狂眼睛。弟弟在冷嘲热讽,但他的轻蔑是断断续续、哀怨幽咽的,他的脸色也变了,好像被冒犯了:"这是我的,"他边跑边大喊道,"这本书是给我的。小偷!小偷!"罗兰在庭院中间摁住了他;他们互相扭打,倒在硬实的地上,灰尘混加着他们的泪水,混到他们的嘴里,就像两个恋人在地上打滚,热烈地纽结,又被拆散,一点零星的爆发,就像在幻梦的栗子树下一稻草的火,经久不息又漫不经心。当年纪较大的那个在激烈的争斗之后最终起身,他的嘴巴在流血,手中那些残损的图片夺来不易,却因毁坏而永远失去了。从那天开始,甚至在他

---

① 源自波斯语,最初为莫卧儿帝国步兵,后来指西方军队(英法葡等等)中的印度士兵(英国东印度公司从十八世纪开始使用该词)。现今印度、巴基斯坦、孟加拉陆军都保留了这个称呼。这里指的是一八五七至一八五八年间印度士兵反抗英国统治。

② 英国维多利亚女王。

难得的笑容中也留下了弟弟的印记，我们从此可以看到那颗断掉的门牙，而每当他突发遐想，想要再淬他的热情，或者就此平息时，他的舌尖就会爱怜地、不耐烦地发炎。

他们长大了。成长的沉重冒险告一段落，人们惊讶于冒险并非永恒。罗兰不再无忧无虑，他迷失到书本里去了，正如人们说的，正如晚一点我的祖母告诉我的，迷失？是的，他迷失了，他一直迷失在这个世界里，他一点也没看出这个世界有他在书中看到的那样好，对他来说书本可以取代世界，但书本世界也是个拒绝的所在，恳求永远被排斥，还有无法形容的恶意，如同在绷紧且彼此钩编的针线缝缀里，一个穿着厚重护胸甲的女人地狱间的媚态，她就在胸甲底下，为了得到她你不惜杀了她，而胸甲的薄弱处就在两行文字之间的某处，你颤抖着猜测和求索，谁会在该页的末尾、该段的拐角处，特别接近又不翼而飞，总是找寻不到；第二天，再一次，你就要捕捉到那个小纽扣孔，你会发现它，一切都会打开，最后你会从阅读中自我解救，然而夜晚来临，你重又合上不可战胜的沉重书页时，自己却陷入沉重的思考。他没有看透作者们的秘密,他们给写作穿上的漂亮裙裾对于圣-皮耶斯特-帕吕斯的罗兰·班克卢来说太紧了,他不但不能把它撩起来,甚至都不知道那下面的究竟是具肉体还是阵风:我呢,我抒情的蠢钝同时也达到了不可逆转的转捩点,以为我了解他,皱眉的愁容骑士①,他那之字形的沉重道路,他那回旋的小径令我头晕目眩,和班克卢兄弟一起,我再次舞步翩翩跳向我不知道的最后一句话,这句话将把我围困,我又回到了原点,无法逃脱我的命运。

至于雷米,从高一开始,他就清楚地知道在女孩的裙摆下有些什么,没有什么能比这个让他更强烈地想了解。他的收藏——让我们继续用这个名字来称呼它们,因为收集和重新激活那些给他带来快乐的人事,的确是仍然引导着他的趣味,正如他小的时候一样——他的收藏品是女人们或女孩们的照片,有时从买来的杂志上偷偷剪下来,风月专栏上袒胸露肩的、光彩夺目的,或穿着淫荡棕色高腰吊袜带的小女明星,有时是另一所中学的女初中生,褶裙在那所神话般的禁忌学校里窸窣作响,

---

① 愁容骑士的说法来自《堂吉诃德》。

这些小姐妹对他那捕猎雏鸟的阴暗食欲,对他那冰冻的稻草头发和流氓的气息不会不敏感,她们会给他留下一张乏味的照片,一年前在花园那边穿着蓝色裙子拍的一张,她们假装很犹豫,摆架子,但终究向他投诚了,轻声细语,用笨拙的指尖触碰他。在一个十一月的星期天,当夜幕降临即将分别之时,一个年轻女孩陷入了爱河。这些蓝色的花朵①,这些既甜美又年轻的小姐,既不够淫荡,也不够光艳,但有着令人咋舌的肉体,甚至在她们感性的气息下,连她们自己都感到惊讶,她们同意雷米的手伸到她们的裙子下面;他几乎没说过这件事,除非是在他兄弟或他兄弟的朋友面前,唯一的目的是更好地标示雷米·班克卢充实的生活和罗兰·班克卢停滞不前的、空荡荡的生活之间的距离,人们对此不能生疑,因为在星期四,一旦学校放学,他就消失在同学们的视线之外;如果碰巧遇到他,那是在暗淡的公共花园里,一个女孩的头靠着他,或在人烟稀少的咖啡馆深处,尽情地与一个贞洁的少女在一起。然而他不是严格意义上的帅哥;人们认得他肿大的下巴和如劣质亚麻的脸庞;人

① 德国浪漫派诗人诺瓦利斯诗歌中常提到的具有象征意味的花朵。

们怀疑他的赌注,他本来希望自己的衣着是时髦的,却穿得像个乡巴佬,某种我称之为巴达维亚式的不足:他仍然设法穿了仿麂皮外套。认了吧,他也来自圣-皮耶斯特-帕吕斯。但他以这种胃口吸引着她们,这些甜美的娇小造物,这些幼嫩的小野味,她们肯定因他对她们表现出的罕见饥饿感——为了她们的短裙、她们的泪水和她们的悸动——而颤抖;她们任凭裙子被揉皱,流下眼泪,对他报以希望又心存惊悸,她们是矛盾情感的猎物,这情感内在的灼热冲突让她们意乱,她们承受着自身全部的重量摇晃地向他走去。

因此,他在周日晚上或周四返回,口中有女人的味道,嘴唇上是被小食人魔们咬噬的灼伤,有时,在通往中学校门的气派大道上,他会遇到他哥哥轻蔑地看着他,鄙视他,或短暂地对他产生了嫉妒(谁知道这两人谁在努力和对方平起平坐,是面对难搞的女教师沉重的裙裾时手也抬不起来的哥哥,还是双手熟悉女人内衣曲线的弟弟?);因为当此之时罗兰也返校了,臂弯抱着几本书,只有寒冷灼伤他的嘴唇,他大多时候都被阿喀琉斯沉重的关怀困扰,而且他不得不调整自己的年轻步态,即使在狂暴时,即使在葆有某种他派不上用场的活力时,也要适应高大的老教师,庄重、缓慢的步伐,顿挫如亚历山大体。在校门口,炽烈灯光打在看门人的小屋上,一次次道别没有终结;罗兰上百次地想要结束对话,却仍然得到一些热烈的建议,一些啰嗦无休止的评价,一些不合时宜的祝贺。奉行禁欲主义的罗兰却也受其折磨,只要猜想一下,那些落在他和他不修边幅的朋友身上,所有返校男生狂喜和嘲弄的眼神。最后,阿喀琉斯拥抱了他,然后慢慢地走回灯下的大道,他的脚步踩着脑袋里诗句的节奏,突然出现的顿挫止住了他的脚步,一只脚抬在空中,然后切换到下半句,继续踏着某个我们不知道的久远诗行的音步。而晚归的女学生们已经送走了她们的仰慕者,着急忙慌地奔向布娃娃的闺房,当她们经过这块界碑时,她们会大笑起来,并且随着新鲜的笑声而消失,很高兴把这个美丽的白昼加入到回忆中,她们会在入睡时快乐地重复这些记忆,让她们接吻的画面更加生动,还有那些只要一想就会让你脸颊发红、让你沉醉的画面,而一提起那个疯狂的、像苍鹭一样单爪栖息的老秃头教授,你就会一次又一次地发出天真的无法控制的笑声,打乱了这一切近乎戏剧化的情节。

的确,阿喀琉斯最后有点自我放飞。有时他的假发没戴好,歪歪扭扭,像个可悲的流氓,他的老婆死了,快乐的小火焰不再燃烧，学生一起哄他就完全说不出话，一言不发地等待一切结束，一双大眼直勾勾地望着深处的某些东西，也许是从前发妻的裸体。飞短流长缺乏想象力的人们说他开始喝酒了；的确，有一次，下着倾盆大雨的苦涩夜晚，在蓬里沃①广场，我看见他淌凌一般地走出了圣弗朗索瓦咖啡馆，僵硬地手舞足蹈，走下陡峭的博姆街，他太大号的雨衣有些捉弄他的脚步，那天他尝试的是香颂小调而非亚历山大体，他像微醉的魏尔伦骄傲地咆哮着，他的披风或斗篷随着醉酒的风飞扬。但是这些出格很少见，而且毫不重要。他是一个温和的人，他缺乏那种经常喝醉的人种植的，每次喝酒都会野兽般抽芽的暴力种子。尤其触动他的是给予，不是从手到嘴的闭合回路，在轮盘赌的转盘中自我膨胀和自我厌恶，而是一只手向另一只张开，另一只手抓住。尽管，他仍然向罗兰提供书本，但越来越多的情况是，这些礼物的功能仿佛只沦为礼物本身，却不关心它们的具体内容或对接收者的适合程度，礼物偏离了、错失了它们的目标，让罗兰脸红，总感到尴尬；如此这般，他已到了高二，或许正从"口袋版"②名人杂烩中汲取营养，在那

① 盖雷（Guéret）市区的一个广场。
② 法国的一种书籍开本，平价，便于携带。

118

个年龄段,你不知道该如何在于斯曼①或萨特之间进行选择——但这种犹豫不决本身会让你受宠若惊,把你献祭给成年的渴望——这年,阿喀琉斯向他馈赠了天真烂漫的罗斯尼②的"野性岁月"和插图本的男爵德·克拉克③;他没有看到男孩长大。接下来的秋天,罗兰已到备考年④,我也高一了,下栗子的阵雨和幼稚的合唱团没能迎来这位慢条斯理的、戴着假发的贵族的第一笔年金补助。他退休了。他死于同年;想想就可怕的是,被特批放假去为他送葬的罗兰,那天早晨为此在宿舍里戴上暗淡的领带,穿上紧身西服,仔细地梳理头发,剃掉若有若无的胡子,为他认为唯一爱过他的人真诚地哀哭,与此同时因为不再需要面对那面悲伤的镜子而感到释然,不用再拖着那个被女孩们嘲笑的累赘,不用再支持这位堕落的、他的弟弟雷米不觉得是父亲的父亲,尽管如此,老人还是以某种方式与雷米的哥哥共同生活了这么久,班克卢兄弟在

①　于斯曼(Joris-Karl Huysmans,1848—1907),法国作家,早期作品受自然主义影响,后倾向象征主义,代表作《逆流》。

②　罗斯尼(J. H. Rosny-Aîné,1856—1940),比利时裔法国作家,代表作为《火的战争》,对原始社会多有考察。

③　法国儿童文学中的人物,喜欢冒险流浪。据考证为作家柯林·达尔维尔(Collin d'Harleville)所作。

④　法国念完高中准备考大学的一年。

119

他的双翼中承担着理想化的对立功能,像大教堂里的景象,可怜的人类灵魂在吵吵嚷嚷的小恶魔和过分审慎的善天使之间。然后,罗兰安葬了他,追思着他,摆脱了他。在去往库尔蒂尔路上的一间小阁楼里,在老主人善良而敏锐的目光下,罗兰经常在那里吃阿喀琉斯夫人,那个傻里傻气的女人做的蛋糕,我想知道阿喀琉斯唯一看重的财产,也就是那些无人继承的书的下落;我在想,在哪间拍卖行,哪间布满灰尘的阁楼,或是哪间发霉的地窖,那些书正如死者般安息,但任何友善的手都能使它们复活,其中一些意思不大的书,他准备留给罗兰但没来得及给,另一些由朴素的人文主义者写下的庄重的、重言式①的书他指望在风烛残年用以自娱。但也许在天堂,那些古老的作者,那些我们不配拥有的真正作家以及他们的代理人,廿世纪初留着山羊胡子的温柔注经者们,以比活人的声音还活泼的声音给他读他们的作品。

至于罗兰,他早就料到作者们不会亲口说话;他留在他们无止境的沉默里;深深潜入无人经历的过往的漩涡中,那些看似发生在别人身上的冒险却没有在任何人身

---

① 同义反复。

上发生。很小的时候,在欢快或病态中,他就知道有一天,在墨伽拉①,哈米尔卡②在他现代风格的花园里,举办过一场盛宴;两个几乎长得一模一样的敌人,一个黑皮肤,一个棕色皮肤,垂涎着同一位公主,他永远地迷失在用简单过去时③把"狮子钉在十字架上"④的国度,这个国度在李维的《罗马史》里并不存在,却和迦太基有着相同的真名。从那之后,他的生活误入了简单过去时的歧路——我知道是因为我也一样。现在,他得知爱玛⑤用双手服下了蜜色的友爱毒药,爱迟到的佩居榭⑥认定了一个和兄弟相似之人,在相似的科研中爱他、嫉妒他,而魔鬼化作各种身形的兄弟把圣安东尼领到他脚下⑦。当他抬起头,当美丽的简单过去时崩塌在眼睛一瞬间所看到的东西里,崩塌在晃动的叶片和重现的阳光中,不可战胜的现在时⑧总是以雷米,以那个活在当下亦为当下所

---

① 希腊安提卡的一座古老城市。
② 古迦太基将军,政治家(前275—前228),汉尼拔的父亲。
③ 法语时态,表示过去发生的事情,常见于古典小说。
④ 见于福楼拜的小说《萨朗波》。
⑤ 福楼拜小说《包法利夫人》的女主人公。
⑥ 福楼拜小说《布瓦尔和佩居榭》里的主人公之一,博学者,想要尝试一切却全部失败。
⑦ 福楼拜作品《圣安东尼的诱惑》。
⑧ 法语时态,表示当下正在发生的事情。

苦之人的形象出现,那个掀起女孩儿们裙摆,笑呵呵看着这一切的雷米;而这欢笑的现在时,罗兰只知道以拳头和断掉的门牙去靠近,再一次投身于打斗,也许对于他而言,这就够得上真正的生活了。哲学考试以后,他在申请一所文学院时失败了,我感觉是在普瓦捷。

雷米在 G 城的高中还会待上两年,摆脱了罗兰,仿若鳏夫;在那些通风的走廊上,在那个幽灵的操场上,男孩们在转瞬即逝的七年间长大,在星期天晚上浮华小径的路灯下,雷米想必经常和另一个穿短衣的红头发少年狭路相逢,但不再使用拳头,也许有时也能遇见阿喀琉斯。正是在那些年里,班克卢和里瓦、让·奥克莱、年长的梅特洛和我本人,我们成立了一个小帮派。我们对外表有共同的喜好,对自己的真实面目有共同的羞耻,我们装腔作势;每逢周四,我们扑向那些装腔作势的女孩,却不知道她们同我们一样,孱弱,贪婪,爱笑。我们中没有一个人有那么多的好运——我说的是颤抖、粗鲁的小手中的那种好运,持续好几个小时没有出口的痛苦欲望,融合另一种裙摆下的欲望,借口精致的心痛和在教室里写下的无能的诗——没有人像小班克卢有那么多的相思成灾。我们经常说起他的花花肠子,有时插科打诨,有时深情款款,这取决于我们的心情;至于雷米,他不再谈论这些,他唯一值得听的人,或者说他要寄送快乐之人,从此离他太遥远,无法听到他的消息或收到他的赠予。当然了,他总归还有那些老套的收藏;他忧郁地一件件盘点,甚至有些怀旧,如同一位迫不及待的国王,即使局势最终自然而然走向和平,仍要对部队进行上百次检阅,士兵们一颗护腿套的扣子也没丢,但是当他的王位和义务远离号角,敌人都已退伍,正在亲吻他们的女人时,这又有什么用呢?但每逢第四个星期天,他乘着红蓝相间嘎吱作响的客车,驶过大石坠落其中的庄稼地,驶过圣-帕尔都、佛-拉-蒙塔涅、让蒂乌,将村妇们和中学生的货物拉到圣-皮耶斯特-帕吕斯,也许另一个人就在圣-皮耶斯特,雷米在我们中间除了叫那人"白痴"不再有别的称呼,他兴奋得就像个幽会前的情人。

在中学的长凳上,小班克卢光彩照人——的确,他的哥哥也很有天赋,但以更克制和心不在焉的方式。雷米不害怕这个世界,这是一个由词语不可预见的衔接无限扩展开来的世界,不知道为什么学术领域在其中切割为这样的而非那样的扇面,贴近地面长出的小词是植物学,从繁星中坠落的可观光泽的词语是光学,而光学的词语在法国文学里比那些植物学的词语悬浮得更高:为此,过去的雷米今天偏爱旋转陀螺,明天就喜欢垂钓浮标去了,后天则意识到浮标和陀螺尽管功能不同,但具有相同的形式,只能是同一个系列,他将它们聚合在一起。他知道所有那些让人把握当下的古怪、暴虐的规则。他还可以使用可怜的罗兰曾经沉溺的简单过去时,但他并不觉得简单过去时除了给一个语言纯洁派①老师留下了深刻印象之外,还有什么别的美德。他把拉丁语和数学完美融合在一起;他知道如何操纵和巧妙地区分美丽的诱饵,以一种法式的组合法,诱引和钩住疲倦的老师,那些可怜的轻信者。他们也进入了他的口袋。然后,据我们所知,他喜欢小装饰品,那些痛苦的小玩意儿使得事物即使在缺席时也得以整个从中显现;他不像罗兰那样自以为是地声称直接触及了永远无法验证的本质。他怕穿得不好看;没品的筒状军帽和猩红色的肩章使他着迷:他为圣西尔军校②做准备,并被录取。

他在军校给我写了几封信,也写了几封给我们这个已经解散的小帮派的其他成员,但我只再见到他一次,一身戎装,然后他死了。

---

①　是一种语言纯化和保护,一种定义某语言社群内,某语言分支的地位比其他分支更高,或者比其他语言更纯洁的语言学现象,一般由当地的语言学院规范,并具有一定法律效力。

②　拿破仑建立的著名军事院校,在凡尔赛西南部同名的村落。

那是圣诞假期。在一所我尚未遇见罗兰的文学院里，我还在犹豫是使用简单过去时还是单纯的现在时，而我肯定更喜欢后者，尽管我已知道，我对它过于强烈的偏好注定了我会选择另一个：那带着死亡气息的、沉郁的、让人毫无食欲的简单过去时。圣诞节的假期，我都在穆里乌度过，帮派的一员告诉我雷米不在了；梅特洛家的大哥用他的雪铁龙 2CV 载我去参加葬礼。不巧的是，他对雷米的遭遇和死因一无所知，于是我俩坐上摇摇晃晃的雪铁龙 2CV，朝圣-皮耶斯特-帕吕斯驶去。

那一年雪下得很大；后来雪停了，但厚厚的雪堆像时间一样平整、有侵蚀性，一样灰蒙蒙的，模糊了这片将倾之地的斜坡。在弗-拉-蒙塔涅附近，我们靠近了塌方的高原、断枝的松树，在树端，流云总是策动一些损失，挨着圣古索的这座千疮百孔的高原甚至显得可笑，雪越积越厚：石基消失了，它们古老的愤怒屈服了，在长虫的苔藓下发着牢骚，它们翻覆的龙骨漂浮在这片肮脏天空下的肮脏静海上，比以往任何时候都更像一场海难。我们喘息的车辆贴着滑行在这些倒下的野兽——像是梅尔维尔[①]笔

---

① 梅尔维尔（Herman Melville, 1819—1891），美国作家，代表作为《白鲸》。

下的鲸鱼——之间,但不仅我们的桅杆上没有圣艾尔默之火①,引擎盖上也没有一个凶残但也许能对付的袄教神灵。车内,我们还记得梅特洛唱一首小乐队(有一个世纪了)的歌,我们还不承认我们已经发生的变化。然后我们不复再言。我们提前到了圣-皮耶斯特-帕吕斯。

按别人指给我们看的,班克卢家的农场离村子有一段距离,几乎在树林里,在那片叫做"乌鸦营"的地方:在永恒的灰色巨物下,是吃土豆的人的矮屋②;屋檐上融化的雪一滴一滴坠落;路的另一边,有个石砌的简陋庇护所,一派悲凉的灰色,上面贴着乡村舞会的告示,村名荒诞,告示上还标出了一个巴士站,我想那就是星期天红蓝相间的巴士站,一个小年轻,下巴尖尖,从那里跳下车,去和他过去的故事、他最早的冒险作斗争;我也在想他们极有可能经常一起走路上下学,去苏布尔博斯特或者蒙岱伊维孔特的舞会,周六喝完汤后,沿着那条路并肩走去,穿着西装,打着丑陋的领带,看起来很憔悴,肩并着肩,有时轻轻碰到一下,但不看彼此,脚步匆匆,不顾一切,直到

---

① 古时候航海时常被海员观察到的自然现象,经常发生于雷雨天,在如船只桅杆顶端之内的尖状物上,产生如火焰般的蓝白色闪光。

② 梵高有一幅画叫《吃土豆的人》。

酒馆的后屋，属于星期天的阴暗俏丽，像是在铜管乐器和手风琴伴奏的狂热梦境里摇摆，他们同时出现在门口，同样的下巴和巴达维亚人的苍白面容，同样的弗拉芒式的疯狂，同样潦草粗野的短发，却不是同一双盯着女孩儿看的眼睛，也不是同一双伸向女孩儿裙摆下的手，更不是同一种语言，在汗涔涔的、令人迷离的教室里，在节日的欢庆中，弟弟在别人的目光下温柔地抱住了牧羊女，而另一个却激情满满地贴着墙壁站到天明；回到那片"乌鸫营"的黑暗中，弟弟的指尖带着女孩的香味，哥哥的手掌里也许有他指甲的划痕，依然是肩并着肩，依然愤怒的脚步，他们突然停下来，像合二为一，互不问话，就把对方揍上一整夜。

在冬季冰雪消融的另一些时刻，在烟熏火燎的厨房长桌上，在咖啡壶和酒壶之间——那些农民们觉得需要加热才能饮用的尊贵的烈性液体，暖暖地经嘴流入身体，愉悦灵魂，以此吊唁那些不再口渴得要死的人，为他们提供一种天真的生命信念——摆放着一排军帽，有乌兰骑兵的帽子，也有安徒生笔下小锡兵的高筒帽。而此刻屋子里空无一人，炉火噼啪作响；我们推开另一扇门走进潮湿冰冷的房间，蜡烛正燃烧，而他就在那儿；两张椅子上打开的棺木在等着他，但他不着急，像他平常那样，检查他的杂物或者哄诱女孩子，当然有必要让所有这些围观者看看他穿制服的样子。然而，从那最后的僵硬程度来判断，那是一套完美的制服穿在了一个匿名的模特身上，他失去了他的灵魂、仪态和风格，手指把袖口扯回到手腕的小动作，所有细微的矫饰都消失了，我发誓，他没把制服穿戴整齐：算了，他毕竟只是一个被西班牙末等贵族所佩之剑困住的弗拉芒农家子弟。那高高昂起的粗下巴或许曾显得滑稽又恶毒，因为他知道自己就是这样一个人，一个贝当①主义者，注定要误入歧途：也许倒不如让那条红色军裤瘫在那儿，瘫在粗厚的农家床罩上，而那件炙热的煤灰色上衣，那个在烛光摇曳中微微发亮的暗影，其存在意义只不过是让我想起"大胆查理"那身黑色铠甲，他最终不再伤害别人，长眠于南锡。罗兰也曾这么想吗？那个被人专门献上制服的罗兰，那个再也没人叫他白痴的罗兰，坐在那里，宛如幽灵，脸上露着不悦，固执地用舌头触碰着那颗以前就被他弄断的牙齿。我怀疑是否有一天他们会和好，即使只是勉强地相安无事，如果除了疯狂

---

① 法国元帅，二战维希傀儡政府元首。

的爱,除了顽固的愤怒,他们就没有向对方有过任何表达,因此从没有向对方着过一词。罗兰看着这张曾如此鲜活的脸变成虚弱的苍白色。他像读一本书一样读着,愁眉不展,惊讶万分。此刻,雷米也许就像一本书。这次见面有一些配角,几个笨手笨脚的圣西尔军校学生,身上的金属配件很失礼地在昏暗中叮当作响,有四邻八村来的亲戚,还有他俩的父母,秃头的父亲,是弗拉芒人,茫然无措的母亲,一双灰白色的大眼睛,也是弗拉芒人,两个人都很悲伤、无助,他们安葬了这个圣西尔军校学生,并为此感到骄傲。他们没什么了不起的地方,然而就在这对忙碌的农民夫妇的脚下,就像许多其他人一样,这种排他性的竞争不知怎么就被激发了出来,那场古代风格的比武,常常让两兄弟超越自身,善于学习,对哥哥来说,引来了一个被嫌弃的老教师的爱,对弟弟来说,引来了许多女孩的青睐,而这场比武,终于走向该有的结局,以弟弟的死亡落幕。

时辰快到了,雷米再也听不见丧钟敲响,我们在钟声里思念他;有人为他戴上军帽,天蓝色的军帽上,羽饰轻颤,仿如听见了一个渺渺灵魂的离开;两个战友架着他的腋窝和腿,轻轻地将他下葬,如同人们安葬一身戎装的奥

129

图 3　格列柯,《奥尔加斯伯爵的葬礼》,1586—1588 年,
托莱多圣托美教堂

尔加斯伯爵①,姿势敬重,但是上帝啊,这个人如此衣衫不整。他们在放剑时起了争执,其中一个想放在他的身边,但另一个嗫嗫自语地觉得放在握紧的手中更合乎礼仪:最后马马虎虎放好了。圣-皮耶斯特的木匠完成了合同的最后步骤,暗沉的棺盖来到了属于它的位置,在那下面,就像微倾着身体的罗兰再也无法看见他亲爱的影子,雷米消失了。母亲在哭泣,军校生站起身时,表链微颤;外面,一点一滴,雪又化作了雨。

圣-皮耶斯特-帕吕斯太小了,没有墓园。我们不得不驱车去圣-阿芒-雅尔图德克斯,另一个相似的小村庄,村里残破的农舍也同样散落于岩石间,在雪的掩护下,一座平坦的小教堂矗立在墓地的中央,如同我们在比利时矿区博里纳日,在荷兰的德伦特和纽南,这些绘画和泥炭的国度看到的那样。这里,在寒风微拂的丧钟下,一些人在等着了,他们当中有让·奥克莱,他已经有点发福,他是一个像他父亲一样的马贩,仅仅两年多来就已经被他的工作打败;里瓦,最忠诚的弟子,也准备过圣西尔军校的考试,但失败了,这对他来说并不意外,也

① 西班牙画家格列柯(El Greco, 1541—1614)的名画《奥尔加斯伯爵的葬礼》。

许现在是他第一次感到意外：他看着所有那些军帽的白色羽饰，那些领圣体时戴在男性手上的手套，那些戴着羽饰和白色手套的家伙，这些人不再有不可阻挡的吸引力，也许不再是一副机灵的样子，他们戴着墨镜掩饰他们可悲的心碎。在匿名的群众中，有戴着黑帽和头巾的农妇，有当地镇上那些头发卷曲、仪态万千的村姑，她们所有人，从知道他小时候有多高的祖母辈，到雷米曾经在舞厅勾引过的女孩们，都是一副老气横秋的样子，一个非常漂亮的姑娘站了出来，就像一团火焰对着灰烬，挺直身子，咄咄逼人，她的头发松松垮垮的，也像冻僵了的稻草，她维多利亚时代的肉体，如一幅画或感伤歌曲里走出来的红发女子。我知道她，我曾经在克莱蒙大学①附近见过她；我从没有跟她说过话。我们的目光交汇，我匆匆地点了个头，都不能说她是否有所回应：我们之间有四个圣西尔军校生慢慢地走了过去，抬着一个死人的棺木，罗兰走在他们后面扛着最沉的部分。博里纳日的小教堂重新对我们所有人关上了门，关上了它的拉丁文，关上了我们起身又坐下时就会晃动的椅子，关上

---

① 作者曾在这所大学求学。

了那些诡异的闲逛,关上了巨大的寒冷和小小的金饰,关上了昼夜不歇的震怒之日①。

班克卢一家没有家族墓穴,新坟是挖出来的:这个坑,这个全新的美丽土堆,在旧的灰白雪地里,石板上锈迹斑斑的基督像,腐烂的花朵,像春天一样,让人心旷神怡。村里的工匠们用绳索轻轻地把木匠的活计放进这新鲜的土堆,里面是看不见的东西。这是在圣-阿芒-雅尔图德克斯一次稀松平常的葬礼,如同在库尔贝②、在格列柯的画作里,圣西尔人的呼吸让他们的嘴里又多了一根小翎毛;他们红色的裤脚沾满了污泥,村姑们有手绢,红发女站得过于笔直,有些孤僻地望着那棵树上的青烟从屋顶升起,不断扩大,又消散在附近村庄上空。两棵白杨的树枝在风中扭结到一起;唯独一只乌鸦,从这端飞到那端,一声不吭,丈量着苍穹的宽广。第一铲子落下了;罗兰迅疾又愤怒地弯下腰,他的手在墓穴的边缘扔进了什么东西;紧挨着他的年长的梅特洛,高度紧张地来回看着罗兰和大地重新掩盖的东西;人们再也听不见空旷林地里传来的尖利叫声,都结束了。车门边

---

① 拉丁语赞美诗。
② 库尔贝(Gustave Courbet, 1819—1877),法国画家。

礼貌地寒暄后,我们很快回到车上;车启动了,我看到罗兰一个人回到那里,回到死者的墓边,他笔直地站着,牢牢栽在地上,像个被冻住的人;我浪漫而愚蠢地想到一个船长最后一次看见他的白鲸,在他下方沉没。

回来的路上,在翻覆的捕鲸船和死寂的野兽之间,梅特洛突然用奇怪的声音对我说:"你还记得很久以前雷米从吉卜林的书中撕下的那些图片吗?"是的,我记得!……"罗兰刚才把它们扔到墓穴里去了。"我们还未来得及离开露台,天就开始下雪,起先只是少量的雪珠,很快,大片大片的雪花茂盛地降落:世界正消失。

只有我一人逃离了,我逃离,是为了能回来,把一切都告诉你。①

---

① 整句话出自《圣经·约伯记》1:15。梅尔维尔在《白鲸》里引用过这个句子,此处作者采用的是法国作家吉奥诺的《白鲸》法译本。

福柯老爹传

七十年代初的某个初夏,克莱蒙-费朗。我在戏剧界的短暂巡游即将划上句点:剧团解散了,有些人辗转去别处演出,也有人像我这样,等待命运之风转向。只剩玛丽安娜和我留在被我们称为"别墅"的大房子里,它坐落在狭长花园尽头的山丘上,之前剧团的人都住这;樱桃已过季;大樱桃树黝黑滚烫的阴影笼罩着我们住的一楼天窗;灼热的阴影中,我一点点把玛丽安娜脱光,在燥热中端看她,把她扔在被昏沉的长日烘烤成金色的地板上,纠缠的光影中央,她双腿间那娇嫩的粉红色通道呈现出雷诺阿画的色调,突然那隆起的淡紫色肉块在紫色麦田和金色投下的阴影中变得更赤裸,粗鲁地暴露在太阳的光芒下,却蒙着一层草垛的朦胧光晕;我双手的激越,她兴奋的反弹和嘴唇的放荡,都令这具肉体和它的深浅浓淡不停地颤抖,皆厚重丰腴;裙子掀开时玛丽安娜的叫喊、汗水、丰富的明暗,是我在讲述那事件之前对那个夏日保有的记忆。

当时玛丽安娜接了个酬劳很低的临时工作，具体是什么我也忘了，总之持续了整个夏季；我们得以存下些积蓄。可能懒得再交换汗水，有一天傍晚我们出门了；玛丽安娜也许还记得那个下午的尾声以及时间一点一滴的形态，记得我们穿过广场椴树影时我阴晴不定的脸，记得光与影的交替，记得我说过的一个词，记得我投向在暮色中化为紫色的高大多姆山的那一瞥；而这一切我都忘了；我记得，她肯定也记得的是，我手里拿着那天买的一本书，一位名家写的《吉尔·德·雷》①，她肯定记得深红色封面泛着柔光，像一份新年礼物。我们在米尼姆街的一家餐馆共进晚餐，晚上餐馆挤满了胭脂俗粉，门廊阴影下流转着幽暗的目光，还不时传来高跟鞋尖利的声响。我喝了很多；最后，好几杯韦莱产的马鞭草酒帮我完成了酒局，那是一种僧侣酿的利口酒，有着夏塞里奥②画中喷泉的碧绿，饮之令人阴沉，灼烧，滞重。深夜，我醉醺醺地走

---

① 吉尔·德·雷(Gilles de Rais, 1404—1440)，法国黑巫术师，英法百年战争时期的法国元帅，贞德的战友，曾被誉为民族英雄。后研究炼金术，崇拜魔鬼撒旦，把大约300名以上的儿童折磨致死，被捕后，在南特被施以绞刑。他是佩罗童话《蓝胡子》中连环杀妻凶手蓝胡子的原型之一。这里应当指的是巴塔耶研究他的作品。

② 夏塞里奥(Théodore Chassériau, 1819—1856)，法国浪漫派画家，师从安格尔。

出餐馆;玛丽安娜很紧张,妓女们漠然的目光尾随我们直到暗街的尽头;中央大街的光线惹恼了我。我们从一家酒吧走到另一家酒吧,我的愤怒随着我语言的阻塞而不断增长,那语言变得越来越黏滞,被阴影笼罩,却依然充满回响。我把自己献给古罗马罪犯尸体的示众场:如果连我的舌头都不再能掌握词语,我又怎么能写出文字呢?好吧,还是简单愚蠢的好,还是杜松子酒和啤酒好,还是再说"这里的道路,承载着我的罪恶"①的好:如果没有写下就得死去,那就死于最愚蠢的纵情,死于对蠢笨的生命机能的讽刺,死于醉酒。沮丧的玛丽安娜听我说着,眼睛死死地盯着我的嘴。

在月亮酒吧,肉粉色的霓虹灯在人们的脸上刻画出死亡面具般生硬的平滑感,肮脏的椅子和塞满烟蒂的烟灰缸把我的愤怒推到顶峰;我奔将出去;推开斯特拉斯堡酒吧大门的那一刻,我就是弗米加的那张运动着的塑料椅,我就是那具活着的尸体;我始终攥着那本《吉尔·德·雷》。酒吧里,一个虚张声势的马塔莫尔②正在台上表演,像街头艺人一样做鬼脸,从一桌纵情大笑的女理发

---

① 出自兰波的长诗《地狱一季》中"坏血统"一章。
② 意大利即兴喜剧里冒充好汉的角色。

137

师那儿跑到另一桌具有奥斯曼风情的轻佻女子面前；那人年轻、健壮、全套西装，目光里透着风月好手的自命不凡；他的自负是无害的。这掉价的唐璜费尽唇舌说着俏皮话，讨得在座女观众的欢心，她们脸上的脂粉，她们肆无忌惮的咯咯笑令我亢奋不已又怒火中烧，他浮夸而精致的说辞，毫无掩饰的重重诡计，反倒让人无法揭露他那令人难以忍受的本质。这一切扭转了我狂怒的走向。我笑了；我的愤怒终于不再针对自己，而是转向了别处，变得不那么激烈，甚至带着一丝怜悯，找到了另一个目标：我开口说话了。

我坐在大厅深处，昏暗之中；那个臭美的男人出现在吧台边，聚光灯下；我们各说各的话，一前一后用高昂的舞台腔，在仇恨的共谋中高声讲。他咬牙切齿假装听不见我说什么，勇敢地继续他的表演；但现在没了安全网，他开口也只不过是把喉咙献给我审核：我像个趾高气昂的学监，他的口误没有一处我不惊叹着纠正；他说不完的句子没有一句不被我用玩世不恭给堵死，他的言下之意没有一毫不被我揭穿——他对女理发师们肥硕肉体的胃口，其结果，就是占有这肉体的渴望。我估计是喝多了，我的话也变了，含含糊糊，不合时宜，还自以为很高明；但我还是刺到了痛处；我很清楚如何摧毁宣讲者和他的欲望，因为那些粗浅的欲望也是我的欲望，我对语言的滥用背离了语言自身并被肉体俘房，就像鲜花因为朝阳的习性而被阳光俘房，但滥用也许就是它的用途。人和人之间的差别没那么大。他跟我一样，也期望语言之美带来快乐，也被霓虹灯照亮的红唇和白皙的肩膀吸引，也写过拙劣的情书，编造短小的诗句打动冰冷的美人；若不是我搅了这场纯真的欢宴，若不是我带着文绉绉的书和醉醺醺的挑剔，冒失地登上舞台，若不是我满腔怨愤、自大狂妄，用暴君的怒气驳斥他，他准能打动她们，早晚都能；他在我身上看到了一个自以为高于言论而去构陷所有言论的人，一个把自己的嘴和精神放在那些苦心经营作品的人的嘴和精神之上，从而去驳斥作品的人：我想说的就是那种刁钻的读者。

而且，他碰上的恰恰是这种读者，搞得他什么都没捞着；为着这可恶的黑影，他放走了美丽的猎物；他像一出古典肃剧中的国王，由于剧本的失误，他竟然听见合唱队领唱讲述他岌岌可危的王权是建立在何种卑鄙的尘埃，何种泥塑的宝座之上——连他的臣民们也听到了不合时宜的画外音。那些向我投来愤怒且轻蔑眼神的女人，当然也像是他的帮凶；但她们并非他的朝臣，他已被废黜，她们得替他辩护，迷人的苏丹垮了。清醒之后我才发现上天根本没给我这么尊贵的角色：一个登上了舞台，向国王发难的领唱员，他指出皇冠已摇摇欲坠，为的只不过是把它戴在自己头上，他装作无所不知，为的是篡夺篡位者的位置，不想做领唱者的那个立志要成为对手，最平庸的对手。但酒醉给了我一个好角色；我畅游在尖酸刻薄的快乐中。

这份快乐没有持续多久；我继续喝，余下的神志勉强够我插几把投枪。而且，那个男人已经消失在浓重的夏夜里：我没见他出去，只看见自动门处一道厚厚的黑影闪过。我傻在那儿；姑娘们也纷纷投身夜色。其中一个留着美丽棕色长发，戴镶水钻首饰的，她的双唇在艳俗而厚重的脂粉下依旧残留着几分稚气：她走回来取她遗忘的包或手套；她粗鲁的举止透露她出身低下，她吵吵嚷嚷的那种自信透露她为了摆脱出身所作的努力和失败；她也许是在井水和榛树间被养大的，就像在卡兹，而那一刻，村里的某个人正思念着她；她避开了我的目光。她或许不至于如此可鄙：这具肉体有它的回忆，她也许会为死者们哭泣，会眼见自己的欲望

140

折戟;她永远都不会属于我。我的醉意渐醇,我飘飘然陷入了放肆。

他们都走了,我们大概在酒吧又待了很久,玛丽安娜心如死灰,我感伤不已。刚刚的醉态只不过是一阵酒劲儿,将一切个人特质磨平为一种所有男人共有的幽暗的形而上学,我曾经在穆里乌,在周日的夜里,目睹它把成批农民变形成喃喃自语的老怨妇;我一度忘了这个插曲;或者说,在我麻木的深处,我只保存并展开了一块悔恨和耻辱的画布,背景是涂满夜色的纸板上的一间人造地牢或地狱之门。玛丽安娜的缺点是太听我话了;也许是为了她,为了这个提前宣告我无罪的证人和法官,我才卷入了这场出尔反尔的复杂游戏,变得狡猾且无所顾忌,声称自己清白无辜;我要她帮我证实,我没有攻击那个男人;难道我对他对我自己没有无限的怜悯吗?难道不正是这怜悯激发了我的毒舌吗?难道我们不都是拙劣的语言使用者吗,我们不都无法巧妙地操控语言,把语言作为终极武器去击中目标吗?他为的是击垮一具肉体,而我为的是完成一本书。白花花的肉体逃离了他,我难以下笔的书,那一张张空白页也逃离了我;他无法用黑夜掩饰自己粗野的快感,我亦无法用黑夜掩饰未被写下的词语;

我们都不知道通关的密码。

　　记忆无法忠实地重构酒后种种心血来潮的变化，连试也懒得试。长话短说吧。我不知怎的脑一热就跟酒保起了争执，他要把我赶出去，粗暴是粗暴，但没有发火。我们一起散步，也许往另一个酒吧去。我冒着汗，在漆黑的夜空下无法平静。几百米之外，那个男人正等我。他看起来并不生气，面孔像一块大理石，用低沉的嗓音责问我说："给我个解释"；我同意了；我冷嘲热讽地指了最近的一家咖啡馆，在那儿我们可以好好聊聊：长官要不要喝一杯，我请客？一记重拳打在我的脸上。我没反应；再说了，酒精早已让我失去知觉。但我还是开口，我不知道他听到了什么话，反正都被他一拳拳揍回了我的嘴里；我把他的拳头视为香膏，但我的词语和笑声，我相信，于他则成了火刑架；我大喜过望：奴隶招认了，沉默地展示着他语言的无能；为了制服我，他不得不让身体的阴暗面登场；他承认他臣服于我的方式，就像起义者雅克打死他的国王。我倒在地上；鲜血穿过词语喷涌；他踢我因痛和笑容而扭曲的脸，越来越使劲儿；我以为他会弄死我，也希望他能弄死我，好拿我去献祭我们共同的胜利，共同的失败。在我昏过去之前，我看见了玛丽安娜受惊吓的脸，痛苦的脸,穿着我深爱的那件淡紫色麻布小连衣裙,蜷缩在墙边:我不是国王,那行凶者也不是猪,我们一起在那痛苦的目光下吃苦头;我们害怕了。

他没打死我。不过警察恰好巡逻至此时,他还在不断用他的鞋跟踢我那张失去知觉、不再发声的脸(我的身体向来走运,它幸存下来,而我的人生却总像我写得那样倒霉)。我在附近酒吧的露天座回过神来,那时酒吧里已一片冷清,惨白;我抱着玛丽安娜;警帽舌下,灯光投下的阴影淹没了长官们的脸;手链和军衔闪烁着,我看不清阴影下的面容。一个酒保,黑白条纹的小鬼头,给了我一杯白兰地;一点儿我的血染红了他的餐巾;广场上的街灯顺着高高的楹花树枝伸向星星,绿的像草,金的像面包,极其温柔。我很平静,什么都不懂,也不怎么担心,我渴望睡去;我很高兴拥有自己死亡的用益权。他们建议我提出控告;我不痛不痒地拒绝了,我大概也没有伤得很厉害,脸上的麻木和醉意为我戴上了迷狂的面具;后来,我借口说我认识这个人,我们算是朋友。警察没有再坚持。一辆出租车把我们送到了"别墅"。

醒来时,我看见玛丽安娜弓着身子;她在哭;她像一个受了刑的人看着自己遍体鳞伤，一脸难以置信，惊恐得说不出话来；白天很难熬，我头疼得厉害。我突然感到一阵恐惧：我杀了谁？我石化在原地，一动不动，玛丽安娜痛苦地伏在我身上。我终于想起前一天晚上的斗殴；我松了一口气，踉跄地起身，向镜子走去。一个顽皮的恶魔在那里看着我，一张半人半鬼的脸：左半张脸成了羊皮袋，又青又肿，上面肿胀流脓的眼睛恶心地裂开一道缝隙。右半边脸颊和眼睛则完好无损，仿佛所有的恶——我的原罪——都涌向了罪恶的一边，发了疯似的想要让这场招供现出肉身，在罗马的门楣上臜出魔鬼的形貌。但按照某种可笑的逻辑，这虔诚的、摩尼教的、粗具象征性的伤口同样是罗马式的：我偷了一个男人的语言，扭曲之后再奉还给他；反过来，他则扭曲了我的身体，于是我们两清。我的脸上写着收据。

我扑倒在床上，求玛丽安娜原谅我，我颤抖地抚摸着这亲爱的脸庞，我俩的痛苦让这张脸对我来说变得越发珍贵。我吐在了我睡觉的枕头上；不要紧的：她像对小孩一样对我讲话，给予我一种不属于这片土地的安宁（我怎样才能让人明白她的姿势是如此笨拙又如此柔情？）；一切，在她嘴里在她手中，都化为玫瑰，就像意大利画作中

144

哀悼基督的圣母，或让·热内①笔下的皮条客。当天下午我就住进了医院；我的眼眶和颧骨都骨折了。眼睛却完好无损，得以保全，如同奇迹。

我丢了点儿什么。像那个自命不凡、书卷气的小拇指②，我把《吉尔·德·雷》掉在路上了。

住院的头儿日弥漫着某种幸福的昏沉。在半昏迷状态中，我的醉意好像一点都没有结束的意思；我活在最漫长的宿醉中，好像就该这样子。我动了手术；极可能是麻醉打得太少，因为我意识到穿骨锥钻进我的颊骨；但这一切都没有疼痛，如在轻盈的梦中，我目睹了我自己的解剖，这对我的感化起到了良好的、逆转性的作用；他们打开我像打开一本书，我就这么阅读自己，用响亮而含糊的嗓音，给医学院学生带去莫大的欢乐，我听到他们笑了。我置身于中阴界，在啃食骷髅的女神们的爪牙下；而且，如同中阴界的"贵公子"，善意的声音对我窃窃私语说这一切都是幻觉，说窗外不可触及的夏天比我的身体更实在，只有酗酒、书的多重身体和玛丽安娜的圣体才能令我

①　让·热内（Jean Jenet, 1910—1986），法国作家，代表作有《玫瑰奇迹》《鲜花圣母》《贾科梅蒂的画室》《阳台》等。
②　佩罗童话《小拇指》中的人物，通过在路上丢下白色卵石找到回的路。

的身体不那么虚幻。我被安置进一间对着内庭的多人病房，庭院里那时仍开满椴花，就像我被痛打的那个广场；金色的日光在金色的滤镜中变得更纷繁夺目。这些美味的树正是蜜蜂所爱；它们在暮色中发出越来越响的嗡嗡声，仿佛是树自身的声音，是其盛大的荣耀的光晕；天使们在下跪的以西结①面前也该是这样咆哮的。太平间也朝着那个庭院：时不时，会有一具沉睡的人形盖着床单经过，抬担架的人透过敞开的窗户和病人打趣；我不在床单下面，我的眼睛在看着夏天，我有谈论死者的闲情。那些日子在我的记忆中有一种深深的魔力。我读起了《吉尔·德·雷》，玛丽安娜找到了它的下落，它被驱赶我的酒保好心保管着。我想到旺岱②的夏天，此时正烘烤着蒂福热的废墟，想到食人魔践踏过的高高的草地，想到那条银色的河，曾几何时他也在河畔柔软的树下因懊悔和恐惧哭泣。没有什么比挨着这些躺在苍白的床单下、躺在七月胜利的笑声中受苦的肉体更适合读这本书了：护士们傲慢的轻浮举止令我宽恕了吉尔；而将死之人天使般的耐心又令我诅咒他。在俯身向我的玛丽安娜的身

---

① 圣经里的先知和守望者。
② 法国西部地区名，临大西洋，雨果《九三年》对这一地区多有描写。

上,所有被割喉的孩子都在哭泣;在她的笑声中,幸存下来的孩子开心不已;在我身上,一群茫然的、优柔寡断的食人魔正为不够丰盛的宴席遭罪。

玛丽安娜每天下午都来。她背对着其他人,紧靠我床沿坐下,这样我的手就可以在她薄薄的裙子下慢慢挑逗她,病友们毫无察觉,于是我的目光撕开她的双腿,她双目低垂:我的阅读几乎追随着这延迟的快感。欲火并不是全部;我们也愉快地聊天,看似一对无忧的鸳鸯,我们的争论吸引或惹怒了这群偶然聚在一起的病房伙伴,他们可都比我年长。有一天,他们中的一个走到我床边对玛丽安娜说了些我们听不懂的话,他那羞涩男子特有的笨拙而毛躁的嗓音,因喉病愈发浑浊。他在玛丽安娜善意的鼓励下把那些话又重复了几遍。我们终于听明白了。他需要和他的老板取得联系;他不知道怎么使用电话:玛丽安娜可以帮忙吗,可以亲自替他跟老板交涉吗?

我看着他俩远去,年轻的剧团女服装员把枯朽的老者护在羽翼下。从第一天开始,我就对他产生了兴趣,但我一直不敢和他说话:他温良的缄默让我不知如何是好。而且,他是唯一一个不想被人注意的人,这令他与众不同。他不参与房间里的闲聊;但如果单独问他,他愿意回应,热切且简洁,让人卸下防备。他很少被我们的玩笑逗乐,也没有不屑的意思;他只是站在一边,不受影响,仿佛他不想这样做,仿佛有什么未知的、比他自身更强大或更古老的东西使他远离众人。

不看书的时候,我的目光就转向他;即便我的目光追随着某个吵闹的护士诱人的身影,我也还是在看他。他占据了窗边的那张床;朝着日光一坐就是几小时,他被俘获了,被日光或是那些只在日光下浮动的记忆所俘获。也许天使们就是为了他才咆哮,而他聆听他们的乐章;但他的嘴唇从不臧否这黄金和蜜的语言,他的手从未誊写过光辉夜晚的任何一个字。在他光秃秃的、茫然无措的脑袋上,椴树投下荒率浮动的暗影;他端详自己那双粗厚的手,看看天,然后看看手,最后看看夜色;他昏昏沉沉地睡下。梵高画的人物坐像都没有这般令人心碎;而他,少了画中人物的那份谨慎,却更顺从,更悲怆。

(梵高?其实伦勃朗画中的某些文人看起来更像他,一样都嵌在窗框里,铆在阴影的席位上,面孔却沉浸在阳光之泪中,一样都因自身的无能而麻木;但他们是文人;而这个老者,从他的丝绒裤和粗羊毛外套,从他迟钝的手语可以判断,是来自底层的人。)

他姓福柯,而护士们呢,不知出于职业习惯中的迁就还是善意,自来熟地喊他"福柯老爹"。披上了这种时髦哲人①和杰出教士②的姓——教父也是"父"——老者看起来就更深不可测了,而且总怀着笑意。我从来不知道他的名,还是从同一群护士(我受她们恩惠;她们跟我聊天也很放心;那是因为我使用了华丽、谄媚、空洞的连篇废话,而她们无耻地侍奉的权贵也说这种话;她们没想过这种话术也可以用来拒绝她们崇拜的那些人,拒绝罪恶的缺席,拒绝在愤怒的冷漠中销声匿迹;此外,我用不着这么口是心非;也许我是真的喜欢她们;即便她们刻薄的教条主义激怒了我,她们的肉体和纤弱倒是讨我欢心;是这份小吏的差事令她们对身穿白大褂的大夫奴颜婢膝,而那些最卑微的病人,她们则在恶毒的嘲笑中将他们保护,若不是这样,她们或许也是好女孩),从同一群女孩口中,我得知福柯老爹得了喉癌。病情还不致命;但令人费解的是,病人拒绝被带去犹太城③,那里的医生能救他:

---

① 米歇尔·福柯(Michel Foucault,1926—1984),法国哲学家。

② 夏尔·德·福柯(Charles de Foucauld,1858—1916),法国教士和隐士。

③ 巴黎郊区。

他固执地非得留在这间设备匮乏的外省医院，这等于在死刑判决书上签了字。不管怎么劝，他还是打算留在这儿，背对着聚集在幽暗角落的他的死亡，面朝青翠的大树枯坐。

这份拒绝激起了我的好奇心；老者的抵抗必然有其强大的意志和强烈的动机：若非极端固执，一个人是避不开强制治疗的，那种压力来自四面八方，各种圈套只为保证说服病人。但我想到的尽是些平庸的由头，比如不愿背井离乡，比如农民质朴、感伤的安土重迁，这些在医院都很常见。然而似乎还有别的理由；借助一通电话，以及接下来由她代为沟通的电话聊天，玛丽安娜留意到了几件小事：这个男人没有明显的家庭羁绊，然而他的老板，一个来自邻村的年轻磨坊主，似乎非常喜欢他；他好像特别急切地想在一件看起来无关紧要的小事上向老人作出保证："他确实已经填好了文件"，他坚持道，如果还有别的表格要填就通知他，以便他能在适当的时候来克莱蒙。接着，帮忙的事让我们开始彼此熟悉（他虽优柔寡断、精打细算，却很热情，我倒是有点局促），我从老人的口中得知，他在还被唤作"福柯小子"的时候就已经娶了老婆，但很早就成了鳏夫，没有子嗣。而且他也没有与某片幻想中的土地有什么羁绊:他出生在洛林,之后在法国南方某地做磨坊工人,或许是某些听起来煞有其事、却经不起推敲的谣言令他这种普通老百姓蠢蠢欲动,或许是某次老板们之间的交易,又或者一次偶然的家庭事件,总之,他这一生都耽搁在那儿了。

既然他不在乎背井离乡,那么他为何要拒绝人们按规定对他进行治疗呢? 他待在自己的位置,小小的背影蜷缩着,仿佛预知了自身的消失,若不是那烦人的秘密,他的决心所展现出的高贵荒诞,以及大限将至的宿命,若不是这一切让他变得高大,他原本只是个微不足道的人——而他凝视的恰恰是自己死亡的奇异敞开,无论其中是否飞满天使,他惊讶的目光所凝视之物仿佛也惊呆了:在椴树处处摇曳的庭院中,有一间贴着洁白瓷砖的停尸房,就像宴会厅中不合时宜的盥洗室,成就了一幅典范的风景,而我也沉沦其中。看书的时候,我脑子里挤满了福柯老爹,一个个压低帽檐,目光深邃,衣衫褴褛,某个不可一世的哀伤骑士正策马赶往蒂福热,马鞍上坐着一个吓坏了的孩子,他喊着"让开,乡巴佬",将老爹们驱赶到空旷的道路的一侧;他们中看起来最顺从的那个留在路中央,谦卑地攥着帽子,眼睁睁看着骑士一路咒骂朝自己逼近,然后,他永远躺在草丛中,太阳穴上马蹄状的伤口汩汩地涌出鲜血。他也横在医生的道路上,他尊敬医生,就像他的祖先尊敬旺岱邪恶的开膛手;而对于其他活体解剖者们,就是那些既不痛快也不后悔,也许要遭火刑却无救赎希望的人,他用谦卑和微笑来对抗。他不屑于人们把他带去"对他有好处"的地方,他表现得谦虚,但绝不让步:卑微的他并没有"好处"的钥匙,这钥匙在别人手里,别人用责任的假象给他解释这钥匙的用途;然而他始终不肯松口,他规避这份责任,全身心陷入原罪,他蔑视身体和好处,按医学之见,这比异端更糟。他轻轻推开走近的神父,他想告解的对象只有死亡。

神父们天天都来缠他。某天早晨,我正在看书,却被一支比平日规模更大的代表团的进场惊扰了,像夜巡队队长带着所有士兵,他们来到福柯老爹的床前:一位身姿挺拔的医生,如威严庄重的宗教大法官,另一个更年轻、更健壮,留着胡髭却很温和,还有几个实习医生,一群聒噪的护士;全部人马都被派来感化这位老异端分子;他们直击那个非比寻常的问题。福柯老爹坐在他偏爱的位置上;他原本已经站起来,他们又让他坐下;阳光在那群站着高谈阔论的医生们的脑袋上投下阴影,却满照他坚硬的头颅和他固执紧闭的嘴：人们会说《解剖课》①中的医生已换了张画布，挤在《炼金术士》②靠窗的阴影里，用他们被白色、被喧哗和知识浆洗过的强力存在，填满了他平日用来冥想的空间。而他，被人们不同寻常的关注弄得不知如何是好，又耻于无法应对，不敢盯着他们看，只匆匆投去不安的几瞥，依旧把椴树，把温暖的树荫以及清凉的小门当作建议，它们熟悉的存在令他安心。也许，圣安东尼也这样看着他茅屋里的酒壶和十字架；即便没有说服，他们也的确快要说动他了，这些引诱者对他说巴黎的医院像宫殿一样辉煌，他们说起康复，说起理智的人，以及因纯粹的愚昧而不理智的人；况且，主治医生很真诚，在他职业性的自负和佣兵队长的面具下是一副好心肠，他同情这个顽固的老头。相比理性的争辩，我宁愿相信让福柯老爹觉得有义务作出回应的恰恰是这种同情心，因为他确实回应了；虽然简短，但相较长篇大论，这简短的回应却更清晰更具决定性；他抬眼看着那位拷问者，像是被他即将说出的话所带来的不断重复和增加的惊讶压

---

① 伦勃朗的油画。

② 比利时画家大卫·特尼耶尔(David Teniers le Jeune, 1610—1690)的画作。

得摇摇晃晃,然后,仿佛要卸下一袋面粉似的,他沉下肩,用整个病房都能听见的清晰声音,哀伤地说:"我不识字。"

我在枕头上放空;一种令人沉醉的喜悦和痛苦将我卷走;无限的博爱侵袭着我:在这个学者和话术师的世界,有个人,也许是个和我一样的人,认为自己一无所知,想死于一无所知。医院的病房回响起格里高利的圣咏。

医生撤出病房,像一群不小心闯入拱顶的麻雀,打乱了齐唱。作为教堂侧厅小唱诗班的成员,我不敢抬眼看那个不知变通、不知感恩又无人理解的唱诗班指挥,不会纽玛记谱法反倒使得歌声更纯净。椴树沙沙作响;在它们粗壮树干的阴影下,在两个快活的担架员之间,一具丧布下的死尸被推向停尸房的主祭坛。

福柯老爹不会去巴黎。在他看来,这座外省小城,乃至他的村子里就挤满了博学之人,挤满了人类灵魂的优秀鉴赏家以及灵魂通用货币的使用者,也就是那些会写字的人;教师、推销员、医生,甚至农民都多多少少能卖弄点自己知道的东西,会写自己的名字,有决断;而且他并不怀疑这种知识,这种其他人不假怀疑就习得的知识。

谁知道呢：那些能写出"死亡"一词的人，说不定就能知道自己的死期？只有他对死一无所知，不大能决断；他不能忍受这种隐约畸形似的无能，这也许不是无缘无故的：生活和它权威的注释者们的确让他清楚地认识到，今时今日，文盲在某种意义上就是畸形，甚至连承认文盲都是畸形的。到了巴黎怎么办？他每天都得反复供认，那时候他身边连个乐于帮他填那些可怕的知名"文件"的年轻东家都没有。在这座连墙壁都有学问，桥梁都有历史，商店里的商品和招牌都让人看不懂的城市里，这个无知的、生病的老家伙，得默默吞下多少新的耻辱？在首都，医院就是议会，医生比本地的学者更有学问，小小的护士都是居里夫人。而连报纸都读不懂的他，落到他们手里会成什么？

若留在此地，他会因此而死；去了那边，他也许会被治好，但耻辱便是代价；重要的是，他不会赎罪，他不会巧妙地用自己的死亡来赔付无知之罪。这种看待事物的视角并没有那么天真，它令我豁然开朗。我也曾把知识和文字合体，归入神话的范畴，而我自己则被排除在外，我是奥林匹斯山脚下形单影只的文盲，住在那里的其他人都是伟大的作家和苛刻的读者，他们一边游戏着一边阅读并锻造了无与伦比的篇章;而我萨比尔的舌头①被禁说这门神圣语言。

人们也跟我说,在巴黎等待我的也许是某种疗愈;但我知道,哎,如果我去那里献上我拙劣简陋的文字,人们很快就会揭开我虚张声势的面纱,看出我在某种程度上是个"文盲";出版商之于我就如无情的打字员之于福柯老爹,用大理石般的手指指着表格上一处处令人头晕的空白:门的守护者、无所不能的阿努比斯②长着长长的獠牙,这些出版商和打字员在吞噬我们之前,会先让我们蒙羞。在文字不完美的障眼法之下,他们能猜到我其实是个无知、混乱、完全不通文墨的家伙,碳墨构成的冰山,其可见的一角只不过是面幻象镜;他们会痛斥这个骗子。为了让自己认为有资格面对阿努比斯,不可见的部分也必须经过文字的打磨,让它完美地凝固起来,就像字典里不可替换的钻石。但我还活着;既然我的生活不是一本

---

① 原文是指说萨比尔语的人。萨比尔语是阿拉伯语、法语、西班牙语、意大利语等交融的混合语,曾通行于北非及地中海东岸各港口,引申为混合语言。

② 埃及神话中狼头人身的丧葬之神,与木乃伊制作和死后生活有关。在赋予木乃伊口、眼、鼻、耳等感官功能的"开口"仪式中,祭司会戴上阿努比斯的面具,因此古埃及人也将阿努比斯称为"开口者"。

字典,既然那些我希望从头到脚构成我的文字时时刻刻都在逃离我的身体,我干脆谎称自己是个作家;而我又要惩罚我坑蒙拐骗的行为,在醉酒的支离破碎中粉碎我仅有的词语,我渴望沉默或疯癫,模仿着"白痴的可怕笑声"①,把自己献给——这又是一个谎言——死亡成千的幻影。

福柯老爹比我更像作家,没有文字,他宁愿死。

而我,我几乎不写作;我更不敢死;我活在不完美的文学中,死亡的完美吓坏了我。然而我像福柯老爹一样,我知道自己一无所有;却如攻击我的人,也会想取悦这无,贪婪地活在这无中,只要我可以把空虚藏在一团文字之后。我的位置就在那个虚构自己壮举的人身边,我曾理直气壮地把自己认作他的对手,他痛打了我一顿,接受了我俩其实是一类人。

没多久我离开了医院。我不知道我们是否说了再见;我俩避开了:他为自己公开的招供而感到羞愧,其实用不了多久癌症就会用声带毁掉嗓子里所有的供词;我羞于自己什么都没承认,没有发表作品,没有死亡,也没

① 出自兰波的长诗《地狱一季》。

有顺从于沉默。后来,在医院的最后一天,我的脸依然因伤口而变形,我害怕被毁容;我粗暴地对待努力温柔安慰我的玛丽安娜;我浑身无名火,带走了《吉尔·德·雷》,带走了大树的幻影,带走了福柯老爹的沉默。

病痛将完成它的使命;他会在秋天,在棕红的椴树前变成哑巴:在被夜色暗蚀的铜上,行进的死亡没收了所有话语,他将比以往任何时候都更像伦勃朗画中年迈的落魄哲学家;任何卑微的书写,任何涂抹在纸上的可悲请求都无法腐蚀他完美的凝视。他的惊异不会减退。他将死于初雪时;他最后的目光将会把他托付给庭院中雪白的大天使;人们会用床单盖住他的形象,惊讶于死亡的短暂,一如其中曾有过的生命的短暂;这张几乎未曾张开的嘴,将永远紧闭;这只从未写下只字的手,将永远静止,未经作品沾染,在缓慢变形的虚无中重新合拢,而如今它已彻底消失其中。

乔治·邦迪传

——献给路易-勒内·德·福雷①

一九七二年秋天,玛丽安娜离开了我。

她在布尔日②剧院彩排一出平庸的《奥赛罗》;我已在母亲家住了好几个月,痴痴等待写作的神恩却无收获:我卧床不起,各种药物刺激着我,我却总疏离于世界之外,懒散又愤怒,一种狂躁的麻木纠缠着我,令我满足于贫瘠的白纸而无需写下任何词。若不知阅读,又何谈写作?能滋养我的东西有限,其中最差的是那些科幻小说的蹩脚译本,最好的也不过是一九六〇年代虚张声势的美国文学,以及一九七〇年代法国沉重的先锋派。即便阅读降级至此,这些书对我而言依旧是难以模仿的强大的榜样。我彻底习惯了如此迷人的失败和惰性,也习惯了欺骗:每天,我都在写给玛丽安娜的信中扯谎,厚颜无耻地扯谎。我把那些奇迹般来临的光辉篇章作为我的背

---

① 路易-勒内·德·福雷(Louis-René des Forêts, 1916—2000),法国诗人,作家,著有散文诗集《固定低音》等,曾任伽利玛出版社编辑,一定程度上是他发掘了本书作者。
② 法国中部城市,谢尔省(Cher)省会。

书,我是神奇歌剧①,对我来说夜夜都是帕斯卡尔之夜②,上帝推动我的笔,填满我的白纸。这些不要脸的大话里夹杂着粗糙的抒情和感伤的狡猾。重读这些东西的时候我没法不笑,没法不强烈鄙视自己;我怀疑自己是不是从写信给这位上了钩的读者开始就已改变了风格。

玛丽安娜不读小说,所以诱骗她并不光彩:她每天给我寄热情如火的信,她信任我,即便很痛苦,她还是同意跟我分手,为的是让我写作。她支持我逃离安纳西的计划,我在那儿什么都写不出来(我猜,她并不知道在穆里乌等着我的也是白纸一张,任何旅行或书呆子气的退隐都无法填满这张白纸),挨过了一个死气沉沉的冬日;这是一座轻松,适合表露浪漫,有各式乏味冰雪运动的城市,我在这里比在大城市更容易烦躁,在大城市,不幸在被不断触及和分担的过程中减轻了。接着,玛丽安娜加入了当地一家剧团,我想都没想就接受了文化中心的一份小差事:我不得不跟那些以传播文化为己任的伪君

---

① 出自兰波的长诗《地狱一季》中“谵妄 II 词语炼金术”一节。
② 指一六五四年十一月二十三日夜,帕斯卡尔在反复诵读《约翰福音》时突然陷入一种心醉神迷的燃烧状态,他飞快地记下进入他脑中的句子,这一夜也被称作“火之夜”。

子和附庸风雅的官员混在一起,活在拍卖虔诚创造力的坚定事业中,这种嘈杂的生活令我怒火中烧。如今我还记得几次夜间文学漫谈:在楼上,我们谈论诗歌和欲望,谈论所谓写书时难以言喻的快感;在楼下,我找到了内部小酒吧存储啤酒的地窖的钥匙,然后无耻地喝到烂醉。我记得那场雪,路灯的光晕下轻飞的片片雪花,沉重、漆黑地围住大楼,被许许多多脚步和车轮践踏,我真想就在那儿倒下。我记得某晚受邀前来的画家布拉姆·范·费尔德①脸上僵硬的笑容,记得他那件过长的风衣,仿佛来自另一个时代,记得他局促地戴着软帽,迷茫地坐在狂热的崇拜者当中,温厚的老者啊,愣在那儿就像夺彩竿②底下的柱头修士③,别人提的蠢问题令他不安,他为自己只会用单音节假装附和而感到惭愧,他愧于自己的作品和这个世界带给所有人的命运,愧于他用来折磨言说者的荒唐的话语,愧于他用来消除沉默者的荒唐的沉默,愧于沉默者和话唠共有的虚荣与不幸,

① 布拉姆·范·费尔德(Bram van Velde, 1895—1981),荷兰画家,常年旅居巴黎。

② 竿顶挂有奖品,能爬上去取下奖品者得此奖。

③ 一种苦行的基督徒,生活在柱子上,讲道,禁食,祈祷,在拜占庭帝国初期很常见。

想到这些,我就要落泪。

安纳西对我而言就是这样,我在一月或者二月的某个早晨离开了。天还没有亮,开始结冰了;我们住的地方离火车站很远,我有好几个行李,笨重地装满了我的书,那些书追随我就像脚镣上的铁球追随苦役犯;玛丽安娜和我各一辆自行车。我们勉勉强强把行李捆上车;我不开心,又气又冷,困意把玛丽安娜变丑了。没骑出去几米,她车上的行李掉落。我恨自己穷,恨我们的连指手套和防风帽,恨那破绳子割开了行李的劣质纸板,恨我们笨拙地活在可怕的平庸之中;我是塞利纳①笔下某个出门度假的人物。我把自行车扔在排水沟边,散开的行李撒落一地,遭人恨的文学逃进烂泥;黑湖边的黑树下,我渺小而激动的身影比划着,我在基督降临②中大喊大叫,羞辱我的伴侣,像宿醉未醒的工人辱骂忘记准备午饭盒的妻子;那时我宁愿自己是被我践踏的某本书,倒在地上,没有任何感觉。玛丽安娜开始哭,同时尝试把这些该死的书放回原位,但抽泣打断了她:她那张

---

① 塞利纳(L.-F. Louis-Ferdinand Celine,1894—1961),法国作家,代表作有《长夜行》《死缓》等。

② 原文为拉丁语。

被绒帽、寒冷和悲伤损毁的脸撕碎了我的心；轮到我哭了，我们相互拥抱，孩子般柔情。在车站，她沿着月台追我搭乘的火车跑了很久，笨笨的，但很夺目，她丢给我一出出精妙又矫情的滑稽戏，尽管泣不成声，还是跑着可笑的碎步，充满了希望的样子令人敬佩，我在闷热的车厢里哭了好一会。

那趟火车之旅很吓人；我应该把它写下来，但我办不到，我把自己逼到墙脚下，却不够格做泥瓦匠。

在穆里乌，我的地狱变了；而我从此要忍受的便是这个地狱。每天早晨，我把白纸放在书桌上，徒劳地等待神恩来填满它；我走进神的祭坛，仪式道具已就位，左手边是打字机，右手边是纸，窗外，抽象的冬季比丰裕的夏季更确切地命名着事物；山雀翱翔，只为等待被说出，天色变幻，可以用两句话来总结：看吧，世界被重新镶在教堂议事厅的彩玻璃中，它不会有敌意。书环绕着我，仁慈而虔诚，它们会为我说情；神恩断然无法抗拒这样的一份善意；为了准备神恩的到来我修了那么多苦行（难道我不够穷，不够可鄙，不是用各种刺激毁了自己的健康吗?），那么多祈祷（我不是把能读的都读了吗?），那么多的姿态

(我难道没有一位作家的派头,没有穿作家看不见的制服吗?),滑稽地模仿了这么多伟大作家的生平,神恩定不会不来。但它没来。

作为一个傲慢的冉森主义者,那时的我只相信神恩;它没有降临到我头上;我不屑于俯就"作品",我认为完成作品所需的劳作,无论多么激烈,永远都不会让我黑暗的处境比一个打杂修士的更高。我越来越愤怒、绝望,徒劳地求索一条当场就能通往大马士革的道路,或一个类似普鲁斯特在盖尔芒特图书馆对《弃儿弗朗索瓦》[①]的发现,它既是《追忆似水年华》的开篇同时又是其结尾,是在一道闪电中遇见整个作品,堪比西奈山的领受。(如今我理解了,也许太晚了,通过作品走向神恩,如同通过梅塞格利兹[②]前往盖尔芒特,是"最可爱的方式[③]",至少是唯一能看到口岸的方式;一个整夜赶路的旅人就是这样在黎明听见教堂的钟声催促着远处的村庄前来参加弥撒,

---

① 乔治·桑的小说。在普鲁斯特《追忆似水年华》开篇,叙述者的母亲在他小时候常常为他朗读这本书,而在结尾处,这本书重现在盖尔芒特家的图书馆。

② 普鲁斯特《追忆似水年华》中去往斯万家那边的路。

③ "最可爱的方式"出自《追忆似水年华》第六卷《消失的阿尔贝蒂娜》,叙述者的初恋吉尔贝特,即斯万的女儿,在事过境迁后对叙述者说的话。

而他,那个在三叶草的露水间步履匆匆的旅人会错过这场弥撒,趁着唱诗班的孩子们脱掉衣服,在圣器室里笑着清洗圣壶的欢乐时刻经过门廊。但我真的理解了这些吗?我并不喜欢在夜间行路。)像许多不走运的愣头青,我把兰波《通灵者的信》中青春年华的吹嘘作为自己的信条,"苦心经营"要做到那样,等待着许诺的奇迹效果;我等待一位拜占庭的美丽天使,满身光耀只为我一人降临,向我递来从他飞羽上拔下的、多产的笔,与此同时,为我展开所有的翅膀,让我阅读写在翅膀背面的我自己的精湛作品,那作品光彩夺目、不容争议、尽善尽美、无法超越。

这份天真的背后是种扭曲的贪婪:我想要殉教者的伤疤和他的救恩,想要圣人的神视,但我也想要能令人沉默的主教权杖和法冠,想要主教的语言,那甚至可以盖过国王的语言。如果我被赐予了"写作天赋",我想,它将会带给我一切。这一信念令我盲目,我在神的缺席中缺席,每天落入更深的无能和愤怒,被打入地狱的人在钳子的两个钳口间惨叫。

而且,螺丝拧紧加大了束缚,必要的配角和见到地狱伤口的偷窥者出现了,我开始质疑,质疑使我从徒劳的信念中挣脱出来,落入更悲苦的深渊,质疑对我说:即使"写作天赋"就这样给了你,它也什么都不会带给你。

我迷失于这类虔诚的鬼话,闻到了圣器室的气味(甚至到今天我都相信这气味没有离开过我);事情在恶化;我已忘记了那些造物,忘记了卡尔帕乔①画中乖乖盯着正在书写的圣哲罗姆②的小狗③,忘记了云朵和人类,忘记了戴着防风帽的玛丽安娜在火车后面奔跑。当然,文学理论令人作呕地向我重复说,写作就在世界不在的那里;但我上了多大的当啊,我失去了世界,写作却不在那里。穆里乌的寒来暑往像一场梦,除了偶尔落到白纸上的一道阳光我什么都没瞧见,它刺伤我的眼,让我头晕;我没觉察到春天,只知夏季到了,那时我正不光彩地偷懒,而我感到夏天也只是因为啤酒变得更清凉,自然也就更醉人。在我寻找神恩(Grâce)的阴郁月份,我失去了词语的高贵(grâce),失去了能温暖说话者和倾听者心灵的简朴言语;我忘掉了怎么跟那些小人物说话,我就在他们

---

① 意大利文艺复兴初期画家,属威尼斯画派。

② 《圣经》学者,《圣经》拉丁语译本的译者。

③ 这幅画今名《圣奥古斯丁的愿景》(*La Vision de saint Augustin*);晚近的艺术史家考证,画中人是正在给圣哲罗姆写信的圣奥古斯丁。卡尔帕乔另画有《圣哲罗姆和修道院的狮子》。

图 4 卡尔帕乔,《圣奥古斯丁的愿景》,1502 年,
威尼斯斯拉夫人圣乔治会堂

中出生，我爱他们，我必须逃离他们；我刚才说的那种怪诞神学是我唯一的激情，它驱赶了所有其他言语；要是我开口，我农村的亲戚只会讥笑我或者尴尬地沉默，如果我沉默，他们则会畏惧我。

我离开穆里乌只去了几个毗邻的城镇，这大大加剧了我和世界的隔离状态，但也恰好把这种状态戏剧化了；出了车站，我就钻进最近的咖啡店，闷头喝酒，从一家酒吧喝到另一家，一步步喝到镇中心；只有为了买书或勾搭对上眼的女人时，我才会避开喝酒的任务。对我来说，每一回醉酒都是在颠三倒四地重复神恩种种堕落的形态；因为那时，我认为"写作天赋"也会及时到来，从外部神奇地降临，实实在在地引发质变，将我的身体化为文字，就像醉酒将它化为纯粹的自爱，提笔就会像举起酒杯那么容易；第一页的乐趣对我来说会像第一杯酒引发的微颤；若有无数杯酒和无数页纸，一部完整的作品就会响起嘹亮的交响乐，一如烂醉时响起的铜管和钹。古老的方法，乡间萨满的粗糙诡计！我想象早在神默启前的几千年，在基克拉泽斯群岛①、幼发拉底河或安第斯山脉，受惊的两足

---

① 希腊群岛之一，位于爱琴海南部。

动物也在纯粹的失落中为了模仿神的到来灌醉自己;不久之前,平原上伟大的印第安人快死绝时,他们也许还等待着"水火"提供一个弥赛亚,或激发其中最软弱的人写出他们的《伊利亚特》和《奥德赛》。

玛丽安娜在我初到穆里乌时来过一次,那是三月,天气晴好。我必须为自己讨个公道:尽管神恩未降,但我仍抱希望,还写出了一篇短文的几个章节,写得慷慨激昂、紧跟潮流,我在里面进行了一种流于表面的"探索",笨重得像出自傅华萨①或贝鲁尔②诗篇的装甲骑士;但我很开心,想让她读一读,关于冬日阳光下的玛丽安娜的这段记忆令我着迷。她走下出租车,她很美,容光焕发、谈吐不俗,化了妆;在走廊里,我抚摸着她;如今回想起这段记忆的我同那一刻突然粗鲁地对待她的我一样激动,我记得她黑色长袜中苍白的肉体,记得她被我触碰后颤抖的话语。我们在生苔的岩石间、在草地上漫步,当霜露精巧地浇上每一片细叶,草地就成了一颗小点心。有一次,我们观看早晨的太阳钻出薄雾,唤醒森林,将玛丽安娜的笑声

---

① 傅华萨(Jean Froissart,1337—1405),法国中世纪诗人、编年史家,著有《编年史》,也是英法百年战争前半段的主要见证者。
② 十二世纪诺曼或布列塔尼语诗人,著有诺曼语的《特里斯丹与伊索尔德》。

汇入千千万万的笑声,《诗篇》说,这些笑声组成了上帝的战车;她通红的脸,寒气中的呼吸,熠熠的双眸,至今在我眼前;我们永远不会像这样一起生活;正如我所说,整整那一年,除了玛丽安娜给我的那几天寒冬的日子,四季皆离我远去。

此后我们的相遇或许可以由福克纳笔下一个痛苦的白痴①讲述,关于那些被失去和想要失去的欲望纠缠的人,然后是失去的戏剧化,它颠来倒去的重复:在里昂(因为她巡演至此被我恰巧遇见),我在一天之内就把留宿期间本就不多的钱换了酒喝——或输光了。我拖着沉重的腿爬上富维耶圣母堂②所在的山丘;我连把手放在玛丽安娜身上的欲望都没有了:我裸体平躺着,等她骑跨到我身上,就像一个睡着的小孩等人给他掖被子。在图卢兹,我在她眼皮底下和一个久别重逢的儿时女伴调情,把我对这女孩的记忆全毁了。最终,在布尔日,主教宫的花园里有家小酒吧;离布尔日不远是桑塞尔③,玛丽安娜曾带我去过,她关心我,想把我从那些阴沉的想法中拉出来,

① 即《喧哗与骚动》里的班吉。
② 位于里昂市中心富维耶山顶的教堂。
③ 法国谢尔省的一个市镇,离布尔日不远。

热诚的她那时还抱着希冀，而我却把她约束在这悲伤的日子里，两杯酒下肚，我就大声斥骂那些一脸茫然的游客，山谷延伸到光荣的卢瓦尔河，这个巨大的圆形剧场让我产生了可笑的幻象，自以为是醉酒的埃阿斯①或彭透斯②，其实只是瘦弱的福斯塔夫③。玛丽安娜，忠诚而疲倦的观众终于看清我只是没完没了地演绎这些角色，而且演得很差劲。

后来她又来了一趟穆里乌，这是最后一次。那时的我狼狈不堪；除了沉溺于酒精，还整日服用巴比妥类药物。我眼神呆滞，清早起就踉踉跄跄，几乎没气力再去重复念响我的诗歌护身符，或者那模模糊糊、天使听了都要爆笑的乔伊斯式的"阿布拉加达布拉"④，然后陷入浑浑噩噩；没了"写作天赋"，我便不想活，要么只想果腹，昏昏沉沉，傻里傻气地活，我不再有任何残忍的举动，那些举动在我看来是没用的魔法，是在我丧失了体面只剩虚荣

---

① 希腊神话人物，阿喀琉斯的堂兄弟，特洛伊战争中希腊联合远征军的主将之一，作战勇猛。

② 希腊神话人物，忒拜国王。

③ 莎士比亚历史剧《亨利四世》中的丑角，身材肥胖。

④ Abracadabras，著名咒文，在进行魔术表演时使用。历史上曾经认为，这个咒文刻在护身符上时有治愈的能力。兰波在其诗歌《被偷的心》(Le coeur volé)中发明了它的法语形容词形式。

时,留给充满体面的气球的一记针刺。玛丽安娜发现我在没完没了的孩子气的最深处;最终她不得不接受这个事实:这才是我真实的状况,而我的信都在说谎。

那时候她有合约,有工作;她给自己买了一辆小车。有一天,我们去了卡兹。推开门,我没认出那栋我深深怀念的出生小屋,只看见一栋瓦砾倾圮、散发地窖气味的破房子;在楼梯顶上的工具中,有一把看似刽子手用的斧头;用来捆干草的粗绳增强了木偶剧场①的恐怖氛围。玛丽安娜穿着高跟鞋,穿着我熟悉的精致内衣,就像一位落在乡巴佬手里的流亡女王;而我还爱她,我的心因为自己就是这个粗手粗脚、目光饥渴的乡巴佬而滴血;当我卷起她漂亮的裙子时,我想到的是白色连衣裙和儿童歌曲中的金腰带。她光着身子,我让她在尘土飞扬的房间里摆出疯狂的姿势。她筋疲力尽又充满活力,她的快感很刺鼻,就像她吞下的尘土;我的性器变得和我整个晦暗的存在一样坚硬,它硬邦邦地闯入这女王或女孩身体的尖峰时刻寻求庇护,这样她就会随我一同沉入海底:蜘蛛网中的无名之徒,我们是相互吞噬的昆虫,凶残、精确、迅

---

① 即大吉尼奥尔,创办于一八九六年的巴黎,以表现凶杀暴力的恐怖戏而闻名。

速,从此只剩这事把我们绑在一起。回来时,已是夜幕低垂;玛丽安娜木然地开着车,一言不发;一只马提尼空瓶在我两脚间来回滚动;一只受惊的兔子沿着我们车灯照亮的方向奔跑,野兽经常会这样,可我们根本搞不清它们是被吓坏了还是被什么可怕的力量吸引。我恶狠狠地看着它跟在那致命的虚假光芒后奔跑。玛丽安娜小心翼翼避开它;我却用左手偷偷抓住方向盘,让汽车稍稍偏移,刚好可以杀死兔子;我下车,把它捡起来:这只有趣又放荡的长耳兔皮毛尽湿,黏糊糊的;它奄奄一息。我在车内用拳头结果了它。它是挂毯《贵妇人与独角兽》[①]上那只跳跃在千花丛中的小兔子的兄弟,它本可以在圣人的手中进食,当我打死它时,我心里想的大概就是这些无聊的念头。我突然恢复清醒,变得胆小而敏感,被惭愧感吞没:我想令火车脱轨,在安纳西站用一整列火车的重量碾碎玛丽安娜。我没看她,我本想消失;强烈的悲伤和厌恶令她说不出任何话,只是哀吟。

---

① 中世纪著名挂毯,藏于巴黎克吕尼博物馆。一共有六幅。其中五幅分别用抚摩独角兽、从托盘中取食物、手持花冠、弹奏管风琴、手握镜子来代表触觉、味觉、嗅觉、听觉、视觉。

图 5 《贵妇人与独角兽》之《味觉》,挂毯,15 世纪末,
巴黎,克吕尼博物馆

很快信就来了，玛丽安娜在信中说想分手，没有商量的余地。那一年上苍给我最重要的文本就是那封信，我战战兢兢地捧着它，一封坚定无疑且文采斐然的信，却并非出自我手，它把我化为尘土；我对词语炼金术的浮夸意愿掉过头来作用在我身上。我一遍又一遍读着这些词，奇妙又致命，就像夜晚的车头灯之于一只兔子；正值十月末，外面的狂风摇晃着老旧的太阳，我就是那被风吹落的树叶，被吹起而后被埋葬。

在我记忆里没有比这天更难承受的日子了；那天我验证了语言的确会消失，验证了它们离开后的身体，是一汪飞满苍蝇的血色池塘：它们走了，留下愚蠢和嗡鸣。所有话语，所有眼泪都被废黜，我像狂乱的白痴一样叫喊、低吼：我曾在卡兹的房间，像一头去橡树林吃橡栗的猪干了引路的村姑那样占有了玛丽安娜，那时候我一定发出了相似的吼声；但那声音还要更激动，听起来像来自屠宰场。如果有一刻我能抽离我的痛苦，给它起个名字，瞧着自己经历它，我只会发笑，就像"尿血"这个词会让人发笑，如果正巧你真的尿血了。

我的哭声惊动了母亲，她担心得要命，以为我疯了；可怜的女人求我跟她说话，求我理智些。在这位充满关爱、绝望而悲悯的见证者的注视下，我的痛苦变得越发自私而怪诞。母亲最终还是离开了。语言又回来了：我失去了玛丽安娜，我还活着；我打开窗，探身于一片冷光中：正如《诗篇》所言，天空一如既往，讲述着上帝的荣光；我将永远无法书写，永远都是那个等待天神们把他裹进襁褓，给他书写的吗哪①却总被拒绝的婴儿；我那贪婪的欲望，只有当它的不知餍足直面世界傲慢的富饶时，它才会停止膨胀；我在邪恶的继母脚下因饥饿而奄奄一息：万物欢腾又如何？我没有"伟大的词"去言说它们，也没有人来聆听我。我不再会有读者，也不会再有爱我的女人充当我的读者。

我无法忍受失去这个假想的读者，她目光温柔，装作相信我会写出巨著。我自己早就不信了，只有她还存着些信念；某种意义上，在我眼中在我手里，她就是我写下的全部，我永远只能写出这么多；这么说吧：她就是我的作品，这种说法并不奇怪，反而太过真实。她消失以后，甚至作为一个骗子，我都不再信赖我自己了。但可能还有更糟的：在被弃的感觉中，在我虚妄的孤立中，她最终

---

① 以色列人出埃及时，在四十年的旷野生活中，上帝赐给他们的神奇食物。

取代了所有其他造物；我让她来向我呈现这个世界；她是那个为了让从没见过的花出现而去插花的人，她是那个手一次次指向醒目地平线的人，她等同于她所命名的事物；从防风帽到黑色长袜，她占据了生存者的全部光谱，从最可怜的猎物到最嗜欲的野兽；她是圣哲罗姆的小狗。这小畜生因我的过失而逃跑，带走了书本、唱诗台和写字桌，她剥掉了那位渊博的主教的高领红袍和黑色披肩，在烧焦的画布上留下一个赤裸的犹大，站在他犯下罪恶的十字架下，无知，不可饶恕。

如今万能的猎犬群失去了那只帮它们避开错路的小狗，逮住了我：在最后一刻钟，我觉得自己是只鹿。必须逃离这可怕的世界：我首先想到的自然是烧酒的九日敬礼①，但那看起来是条无尽的绝路，我必须在管猎犬的仆役间突围；我选择了一条相对懦弱但更有把握的出路。我去了拉塞莱特。

那一年我频繁造访一家时髦的精神疗养院，修在乡村，没有围墙，但不乏魅力；我去 C 医生那里问诊，他是

---

① 一种持续九天的特殊连祷方式，分为私人和公共两种类型，祈祷对象往往为特定的圣徒或圣母，在升天节和五旬节之间的九天，被认为是第一个九日敬礼。

一个高大、懒散的年轻男子,有点自命不凡但也殷勤。从他诊室高大的窗望过去,是一片森林;他的墙上贴着一张硕大的凡尔纳《神秘岛》地图,一个不存于任何海洋中的岛屿,还有那些死过两次的诗人们的肖像画,自然死亡算一次,死前发疯算一次。他有些学养,他发现我也有,在这一点上我们比较接近:我们谈论时兴的话题,谈论连接精神错乱与文学的永恒驴桥①,谈论路易·朗贝②、阿尔托,以及荷尔德林(我记得他动情地谈起他的祖父,一个卑贱之人,却让孙子在十几岁时就读塞利纳)。我终究还是去问诊的,虽说并非没有欺骗的成分:因为即便我对谈话疗法,对心理学的追溯奇迹和自由联想法没抱多大希望,我对从他那里骗些小药丸倒还是挺期待的,虽然他自以为是在给我开处方;如果我顺着他的话,足够熟练地拨弄文学的琴弦,尤其是如果我适时将对话引向德国浪漫主义,引向他最爱的安格尔小提琴③,让他发表一段佳妙

---

① 驴桥定理,即等腰三角形定理,也称为"笨蛋的难关",已变成一种隐喻,暗示对能力或了解程度的关键测试,可以区分了解和不了解的人。

② 巴尔扎克同名小说中的人物。

③ 法国画家安格尔更擅长的是绘画,但他对小提琴充满激情,隐喻一种业余爱好。

的见解,我保证,不出一个小时,他就心甘情愿地掏出处方笺,眼都不眨就开出好几份剂量足以撂倒一头公牛的安眠药,而这些药却足以让我从他的诊所全身而退,让我在很多天里都能只透过可爱的薄薄水雾去看这个世界。

但没有水雾能让我躲过那个清晰而恐怖的十月的一天;只有把大海那密不透光的深邃盖在头上才行;我想成为深海里一条迟钝的鱼,除了大口大口吃对什么都没感觉,我想接受催眠治疗:我知道 C 医生不会拒绝我,事实上他一下就答应了。熟练地穿上化学潜水服,我便缓缓沉入没有语句的水中,在那里,过往的一切全都钙化,鱼儿的死亡书写在巨型石灰岩上——其中一种是大理石——死亡之贝灌满了铅华。当我的探照灯短暂地闪烁时,充满母爱的护士在喂我,帮我持着我颤抖的手再也拿不稳的烟:吞鳗①,深渊里的高朗古杰②,是一种长着血盆大口,没人见过,自足的生物。

该回去了。而在这种痛苦又清醒的回归中,刚才我

---

① 一种少见的深海鱼类,有着巨大的嘴和长的喉咙,甚至大过它的身体。

② 拉伯雷《巨人传》中的人物,高康大的父亲。

滥用的隐喻,全都不值一提。

催眠疗法结束后,我在拉塞莱特又待了两个月。我约略和冬日、和我新一轮的哀悼以及中断了的古老神恩重建联系;而且,在那里,我目睹人们在犯下语言或沉默的罪行时,当场被抓个现行。因为相比其他地方,在精神病院,世界更是一个剧场:谁在装?谁是真的?谁为了让天使更纯净的希望之歌绽放而模仿着野兽的低吼?又是谁在不停低吼却自以为唱出了那支歌?也许每个人都在装,如果我们承认,那种最彻底的,没有语言可以自述的疯狂其实是一种僭越了自身目的的装腔作势而已。

有几个来自城市、受过教育的病人,媒体或畅销小说告诉他们,神经衰弱打击的都是美丽的灵魂,于是他们开始身体力行。这些人到哪都在闲聊:说的尽是关于精神疾病的老一套,比如对广大精英阶层的归属感,对共同的厄运感到骄傲,这让这些天选之人满足于自身的命运。然而这不仅是戏谑,他们确实在受难;可我在他们身边感到不自在,我只能点点头随大流,于是我避开了;和他们相比,我更喜欢交往那些内陆来的笨蛋,至少他们的荒唐里还带着些许多愁善感的笨拙,他们的瑕疵也不过就是从流行舞曲和自动点唱机里学来的辞令;然后,当他们发疯的时候,思想也许就来了,直截了当;思想径直停在这道疯的闪电中。接下来我要讲一讲那些在我记忆中很珍贵的人,一个恋树的纵火犯,一个恋母丧母的鳏夫,还有其他人;我先来说乔乔。

他是——我们称之为——急性衰变的贵族。在他对号入座这个难听的,总是引来粗俗的笑声和威胁的绰号之前,他原来的名字是什么?他没法告诉我们,因为他不能说话,只能不断叫喊不断咿咿呀呀。可能是乔治,或约瑟夫?那极有可能是一个还开朗的女人温柔地笑着给他取的小名,那时他们躺在平整的床单上相视而笑,光着身体吃烟,灿烂又卑微。他一定有过几个女人,也许还读过书。

乔乔是个不法者;他步态失协,如提线木偶;总是欲壑难填,面目可憎:他的贪欲再也无法求助于语言,语言可以淡化贪欲从而满足它,更不求助于端正的姿态,我们用这种姿态优雅地占有被粗鲁觊觎的客体;这种表里不一让他大发雷霆。到处都出现他的身影,在充满嘲笑声的会客室,或在万物沉默生生不息的公园,他是一股纯粹、涌动、喷薄着的愤怒,正如人们想象中全盛的阿兹特克神;他同他们一样,把雷霆般的目光定格在即将毁灭的世界;然后转身消失,一样满是杀戮和哭泣,血肉模糊,却质如泥土,像斧头砍树那样走路。

他在食堂大厅被伺候用餐,一张专门布置的餐桌上固定着一只沙拉碗,装着各色粥糜供他享用;他被齐腰捆在座椅上,脖子上围着一条床单,权且当作餐巾,餐具是一种类似长柄勺的器具。尽管采取了防范措施,他的行动还是极不协调,他不幸的食欲还是极凶猛,导致他在那个饲料槽进食完毕后,他身上和他周围的地板上溅满了掉落的食物。我在我食堂的座位上看着他;我病态地观察他,披着兄弟情义的外衣嘲笑他。有一次,我从两个餐盘间下意识抬起头,没有看到乔乔那个怪物,却看见一个凑向他的背影,靠得很近,似乎在跟他说话;这个陌生人块头不小,穿着村口市集买的那种劣质蓝色牛仔裤和沾满泥巴的笨重的农夫靴。他追问时低沉的嗓音从蠢货的呻吟中脱颖而出,这种独特的交谈方式足以勾起我的好奇心;但除此之外,他浓密的头发,结实的颈背,他夹黄烟丝香烟风度翩翩的手,因傲慢而迟疑的宗教管事的手,其中有某种我曾经见过的东西,击中了我。我们离开食堂;我看到乔乔的脸:此时的他更接近人类,因欣喜或愤怒而发狂,仿佛他的愤怒终于确定了目标,或是他想起了自己曾经知道如何命名、拥抱、紧握的某种东西；他发出一种遥远的、不间断的、我没有听过的水流出水槽的声响。那个男人仍然凑在他身边，不情愿地挪了一步为我们让路；他的外套被乔乔这个蠢货溅出来的食物弄脏了；他跟我打了照面；我们的目光相接，迟疑，又错开。我认出了邦迪神父。

然而他的样子让人认不出来。时间把他变成了一个乡下人；偏远的乡村将他从头到脚涂上了浓浓的油膏。这油膏的上面还有另一层更刺鼻、更劣质的油膏，我一时不知那叫什么：脸上一枚夸张的酒糟鼻，眼睛消失在雾气中；目光如同融冰时洞底的残雪。他瘦骨嶙峋，不出彩，不瞩目，烧红的脸颊像敷了脂粉；他的手微微颤抖，以一贯的淡然的姿态夹着那支名贵香烟，虽谈不上轻蔑，却难对付，仿佛夹着它就是忽视它的最佳方式。他显然也认出了我，像我一样一言不发地走远了。

透过我房间的窗户，我看到神父刚刚走出门口，他顶着严寒拉起夹克的拉链，扔掉烟头：这一连串动作，我也认得。他骑上一辆轻型摩托，踩着油门离开了这个没有玛丽安娜的穷酸乡下，离开了所有的宽恕和这个久远的夏天。我想起了另一个人。

那时我正值慕道的年龄,我唯一等待的救赎是成年后从自己身上得到的救赎,只要我下定决心,我就会有能力、有力量;我那时还是个讲道理的孩子。主管教士一职空缺已经使教区在领土和精神上的统一性名存实亡;穆里乌的教堂和其他几个村子里敬奉古老圣徒的小钟楼,由圣古索教区的神父来侍奉;那时任职的是莱比叶神父,一位研究考古学的随和老人;后来他去世了;据说,邦迪神父要接替他的位置。之前就有传言说,他是来自利摩日或穆兰的一个富家子弟;而且是个前程似锦的年轻神学家,但有点叛逆,教区居民觉得他是个一脸不屑的自大狂,所以主教府认为,为了考验他的天职,有必要把他送去阿雷内、圣古索、穆里乌,也就是说"在异教徒的土地上"①,去农村放牧上帝最卑微的羊群。他来时是春天,如果我能相信我的记忆,那时丁香花铺满了石膏圣母像的脚边,那么时间大约就是五月了,他在穆里乌举行了他的第一次弥撒;在弥撒上,在金色烟草的气味中,我知道了《圣经》是用文字写成的,知道了一个神父也可以令人羡慕,这多么神奇。

强烈的阳光透过彩绘玻璃窗,顺着唱诗班的台阶流

---

① 原文为拉丁文斜体。

淌;窗外千鸟齐鸣,丁香花的气味亦如彩绘玻璃,斑斓又强烈;在灰石上的金色水洼中,邦迪盛装走入神的祭坛。这个男人英俊,果断,用标准的手势祝福信徒,让他们保持在一臂远的距离之外。我本想哭的,却沉醉了:因为词语突然流淌,澎湃地撞击着清新的穹顶,像是铜弹珠丢进了铅盆;晦涩难懂的拉丁文本有种震撼人心的清晰感;音节叠加在他的舌尖上,词语如鞭,清脆地鞭打世界,勒令它返回太初有道;随着金色祭披飘扬,神父返回那句"愿主与你同在"①,最后的音节也随之抵达了嘹亮的巅峰,变成暗藏的低音锣,迷倒了仇敌,众多者,富足者,被造物。世界匍匐在他脚下,折服了:在这个突然被阳光照亮的教堂中殿的尽头,在这片绿意盎然的乡村中心,在芬芳和色泽中,有一个人,以狂热的词语,普渡了众生。玛丽·乔治埃特坐在条凳边沿,像要晕倒,嘴唇的两片红肉颤抖,低唱颂歌②,仿佛允诺,白色短面纱下,她身穿浅色绉纱,一双大眼向邦迪投送秋波,就像雌猎兔狗看着帝王犬,或白衣的于尔絮勒③修女在卢丹看着乌尔班·格朗

---

① 原文为拉丁文斜体。
② 弥撒或祭礼中应答轮唱的颂歌。
③ 圣于尔絮勒修会,十六世纪创建于意大利的天主教修会。

迪埃①。

我不记得那天的布道了；但我觉得那场布道，就像邦迪所有晦涩又耀眼的布道一样，其中也闪耀着一簇簇名字，它们尖锐的音节讲述倒塌的万能的主，讲述恐怖天使和古代大屠杀。也许还讲到了大卫（David）②（邦迪舌抵上颚发出最后一个字母，首尾相应，仿佛是为了加重或确认那高贵的大写首字母"D"），这位杀人如麻的老国王在暮年、在临终之日需要一位年轻的侍女，像膏药一样敷在他枯萎的心上；讲到托比③（他读成托比埃，被加长的半元音让整个词显得有些可笑，让还是孩子的我想起一条狗），他在河边遇见了一位天使和一条鱼；讲到沉沦的亚哈④，他命运多舛，如他那听起来像斧子（hache）和哎嗬（ahan）的名字亚哈（Achab）所预示的那样；讲到押沙龙⑤，

① 乌尔班·格朗迪埃（Urbain Grandier，1590—1634），法国天主教神父，在"卢丹附魔事件"中被指控施行巫术而处以火刑。英国作家阿道司·赫胥黎的《卢丹的恶魔：法国神父"附魔"案》记录了此事。

② 古代以色列国王。

③ 托比（Tobie），天主教《旧约次经》中的人物，也在《塔木德》中出现过几次。他的名字结尾的"e"在法语里不发音，除非在一些诗歌中。

④ 亚哈（Achab），古代以色列国第七任国王，事迹见于《旧约·列王记》。他也是梅尔维尔小说《白鲸》里亚哈船长的名字由来。

⑤ 大卫王的儿子，福克纳小说《押沙龙，押沙龙！》的题目由来。

他名字中的辅音像毒蛇①，像不孝子②的忤逆，像刺穿他的标枪一样嘶鸣，他被系住头发吊在一棵大树上，沉重得无法反抗，好似名字的最后一个重音。邦迪酷爱让人听专有名词，高贵的亡魂或杀人的老歌里的叠句，让它们游荡在怀旧的、吓坏了的世界上，别无他选。

我跑题了：不要因为我的笨拙就认为邦迪是一个黑暗的传道者，是哥特小说及其变体所普及的那一类，那就大错特错了。他没有吓到任何人，况且吓人也不是他的目的，他更多是在教皇赦罪的花园，而不是在路德宗庸常的监狱里用伦理劝说众人和解；他不以灾难恐吓，埃及的七大灾难在他口中更像是过去神秘而闪光的真实事件，如《郁美叶受酷刑的人》③或《萨达那帕拉之死》④，而不是来自上天的正义惩罚。他若想驯服这个世界，必不会损

---

① 法语里"押沙龙"(Absalon)和"重音"(plomb)结尾的辅音发音一样。

② 指押沙龙起兵反抗父亲大卫，后被堂哥约押刺死。大卫并不怪罪押沙龙的叛乱之举。

③ 法国画家卢米纳伊斯(Évariste-Vital Luminais，1821—1896)的画作，取材于传说中的克洛维二世和他两个反抗的儿子。

④ 德拉克洛瓦的画作，灵感来自拜伦的《萨达那帕拉》。该画描绘的是亚述国王萨达那帕拉面对败局下令烧毁宫殿，并处死自己的妻妾、奴隶和马匹的残酷场景。

图 6　德拉克洛瓦,《萨达那帕拉之死》,1827—1828 年,
卢浮宫博物馆

害他人，只会按照自己的习惯凭借准确遣词造句的纯粹力量，凭借词语唯一的完成形式，而并不损伤词语的道德意涵；他大概不认为这个世界很糟，正好相反，世界异常丰富、慷慨，而我们，为了回应这丰富性，只能以一种总体的、穷尽的语言之慷慨壮丽去反对或补充它，以一种不断重新开始挑战的姿态，以骄傲为唯一的动力。

"他听自己说话"，我的祖母说，那时的她已过了穿白绸戴面纱的年纪；的确，他醉心于他词语的回声，感动于他在女人的肉体和孩子们的心底激起的悸动，总之，他在施展魅力。他的弥撒无可挑剔，是一场诱惑之舞，从中迸发的名词像巡游时展开的鸟羽；拉丁语辅音完美的多彩，补充了祭披的色谱，基督的白，殉道者的红，还有如阳光下草场般腼腆的绿，与大自然赋予的阳刚、简练的褐色之美相得益彰。他想魅惑谁？天主、女人，或他自己？女人，他当然喜欢；天主，他大抵相信天主的神恩只赐予有钱人和擅言者；他肯定也喜欢自己，在拱顶下披着祭披，在日头下骑重型摩托，拥有美丽的情妇和神学。

弥撒终于结束了。末场祝福和首场一样平静、庄严；玛丽·乔治埃特知道自己想要什么，知道自己一刻也不能忍，她找了个我也不知道的借口，坚定地走向圣器室，高跟鞋尖利的声响盖过了挪动椅子的声音。我们这些孩子坐在门廊下面的台阶上,顶上最后一节台阶停着一辆巨型黑色摩托,我们从未见过的那种:我想,这是最早出口的一批宝马摩托。玛丽·乔治埃特很快就出来了,裙摆掠过我们的头顶,她的香水和她夏日的笑容让我心满意足;她还没穿过广场,神父就出现了。她转过身看着他;他没看到她,他眯着双眼,非常惊奇地看鸟儿飞过叶丛、屋顶。他点燃一支黄烟丝香烟:穆里乌没有这种奢华,这种相当仪式性的、阴柔的教士式的气味;他吐了几个烟圈,扔掉烟,重新拉上夹克,用难以形容的、类似显贵们狩猎的姿势,撩起祭披,重重甩到支撑在地的那条腿上,跨上庞大的机器然后消失了。玛丽·乔治埃特转身,门前的紫藤花短暂地在她的裙摆上起舞,然后她也消失了;阳光下,偌大的广场上只剩三四个惊愕的小农民,他们还没从神话沉重的冲击中回过神来:一首皮亚芙①的歌,摩托飞驰而过,载着一个阿波罗样的金口②主教。

他在圣古索待了将近十年;在他离开的时候,我还是

---

① 皮亚芙(Edith Piaf, 1915—1963),法国歌手,代表作有《玫瑰人生》。

② 金口(Bouche d'or)语义双关,既有口才好的意思,也指早期教会的教父金口圣约翰(saint Jean bouche d'or)。

个少年，我开始羞涩地觊觎他喜欢的事。他感兴趣的不是考古学，而是女孩和经文：也许，在写下经文的无形的天父与天父至高无上的造物，最可见也最当下的生灵，即女人们之间，他看见了自己在这个世界的一席之地，一位圣子诱惑者，一位修辞学家，在女人的内在(immanence)中庆祝天父的缺席；他去圣地旅行，给我们展示旅行的幻灯片，他和他的主教争执过几次，但我们对他所知甚少，他什么都不承认。也许玛丽·乔治埃特或他其他的情妇(他五个教区的情妇都很漂亮，喜男色，打扮入时，也就是说，一只手快数不过来)，关于他，她们也许能说得更多；但她们老了，要么记不住，要么啰嗦，乡村已经将她们轻轻裹进周而复始的季节的裹尸布中。

教廷允许之后，他是最早不穿祭披的人之一(于是我再也看不到那种难以言喻的姿态，在摩托车发出轰鸣之前，骑马东征的主教)；他优雅，穿很多种灰，硬领子上系一条围巾，或从头到脚武装着摩托车服：但他从没躲掉祭披那不可逆转的回归，躲掉那复杂的、不遵循季节的穿衣规则：圣灵降临节要穿燃烧的红色，就像使徒们领受的而邦迪本没有领受的那团不可抗拒的火焰；冬末要穿紫罗兰色，紫罗兰召唤第一朵番红花，预示他也许闻不到的丁香花;还有四旬斋第三个主日要穿玫瑰色,光滑如缎的刺绣祭披似女人的内衣。做弥撒时,他从未放弃过词语掷地有声的精确性,没有放弃过主教朗诵的雄浑和极有分寸的举止气派;他漂亮的诵读点缀着难解的词语,在阿雷内、圣古索、穆里乌绘有民间圣徒(治愈牲畜的圣徒)的斑驳拱顶下回响了十年;我能想象他心底的愤怒,他把华丽的布道讲给被诱惑的村妇和恭敬的农民,而他们却一句也听不懂,就好像可怜的马拉美迷住了一场无产阶级会议的听众。

弥撒之外,邦迪不再扮演天使。既不沉默也不兴奋,他尽力让自己表现得朴素知礼,他做到了,但总藏着某些不可妥协的东西:他和自己的话语保持距离,就像是他指尖和烟头的距离;也许还有一些粗鲁的东西,被他粗暴地克制着,就像他愤怒地用脚后跟踢摩托车的支脚。

(他安葬死去的农民;他见过他们受苦,有些人老实地承受,有些生气恼火,但都很笨拙;他听过五月夜间的夜莺,绿色麦浪里的布谷;他听过悠长的钟声,裂开的钟声,就像在塞鲁,听过深沉的钟声,就像在穆里乌,在他自己教区的那些钟;当他一身白色走在棺椁和十字架间,地里的收割者会向他致敬:他只是个过客,是夏日巨掌中一具平庸的肉身,在白色的祭袍下流汗,就像那些抬棺材的人在棺材下流汗。他为此感动吗？我想是的。)

我快乐地想起教理课午休时分圣器室的凉爽,那会儿我们什么也不用学;邦迪对我们很友好,傲慢无情但友好;与我们几个粗野的小农民在一起,他是不抱幻想的:他不是贝尔纳诺斯①笔下的神父。我还能想起我说完蠢话后他看我的眼神,蓝色的眼睛冷冰冰地宽恕了我,几乎不带同情,不抱希望。

我有一段盛夏的回忆;应该是六月,假期临近,孩子们的恶行因模糊的渴望变得更急躁,像蜜蜂沉入菩提树和金盏花的花粉,恶行沉醉于自身;吕塞特·斯居德丽和我们一起上教理课,我们是一群又哭又笑的健康小孩:她则是个可怜的小东西,十岁时还不怎么会说话,只会举起纤弱的手抵挡通常是想象出来的拳头,还有一张令人心烦意乱的脸,只会因为一声令人无法忍受的狂笑才会从眼泪中分神;但这张苍白的脸却有一种不协调的标致,这令我们恼火:这标致搭配着虚弱和癫痫,仿佛上天授予我们肆意嘲笑它的权利。那天天很热,神父迟到了;我们坐

---

① 贝尔纳诺斯(Georges Bernanos, 1888—1948),法国天主教作家,著有《在撒旦的阳光下》《乡村牧师日记》《少女穆谢特》等。

在教堂台阶上等他，腿肚子后面凉爽的石头并没抚平我们的欲望，粗言秽语和下流手势也没能冷却我们的愤怒；我们很快就把怒气撒在吕塞特身上。她那个跟她一样可怜的母亲给她编了两条细辫子，用蓝色丝带系住，她引以为傲，总是一边抚摸它们一边轻声尖叫。我们拆了她的辫子，或者说我们扯她的辫子还用拳头捶她；我们一边往草坪里跑一边大叫，在空中挥舞着那两根细细的蓝色战利品；吕塞特挥动手臂，身体发抖，在阴影下的台阶上绊倒了；她突然张开嘴，瞳孔放大，定格在那里，仿佛瞬间有了原本没有的理性。她倒下，口吐白沫。

神父来时，她正在可怕的发作中挣扎，我们认出了这种发作，之前就见识过。他大步走来，阴郁的轮廓笼罩在我们身上；那张英俊、无动于衷的脸就在我们上方；他站着，孩子般惊讶，看着那张脸为某种比话语更强烈的不可抗力而痉挛着，嘴角抽搐，口吐白沫，在烈日下翻白眼。他回过神来，慌乱地在口袋里找手帕，但没找着，于是从我手里夺走了那根蓝色丝带，我根本不想松手；他蹲下身子，用沾满尼古丁的手指擦拭抽搐的嘴唇，手指的琥珀色光泽让我想到"圣油""香膏""敷圣油"这样的词：仿佛他是在一位圣人健谈的嘴前解开了一只天蓝色的经匣。在荨麻洁白的花丛中,一只金色蝴蝶飞过渐渐平静的女孩的头顶;神父抱着那个平静下来的、破碎的女孩离开,往她的母亲家去,留下沾满唾液的丝带在绿草丛中。

教理课结束后,我独自回到圣器室,全然忘了给老师传信,忘了在签到本上签名。神父没听到我来;两只手压在矮窗上,略略弯下腰,像在凝视远方的乡村;他用一种无能为力的语调说话,像在哀求或被吓坏,我愣住了。话说到一半,他突然意识到我的存在,朝我转过身来,毫不惊讶地看着我,仿佛我是乡间的一棵树或是教堂里的一把椅子,然后用同一种语调继续把话说完。如今回想起来,我听到的是这样一句话:"你们看看百合花,是怎样生长的:它们不劳作,也不纺织;可是,我告诉你们,连所罗门在他极盛的荣华时所披戴的,也不如这些花中的一朵。"①他在签到本上签了字并遣退了我。

我得知邦迪是这间医院所属的圣雷米小镇的神父,至于吕塞特·斯居德丽,我在拉塞莱特城里见过她几次;她在那很久了,会一直待下去。她不认得我了。脸上一

① 出自《圣经·路加福音》12:27。

双受尽煎熬的大眼睛，下垂的嘴唇，所有的娇美都消失了：这个没有记忆的女人，对她来说，时间缩减为两次危机之间的中场，丝带和孩子气的六月的记忆应该没有加剧她的痛苦，韶华不再。我们三个人，都来自那个往日的小教区：有望升至主教的年轻神父，前程似锦的活泼男孩，没有明天的白痴；未来已经在了，当下将我们汇聚，每个人都平等或接近平等。

十一月末的某个下午，我去了圣雷米：在一家烟草店的里间，摆着一箱子长期卖不出去，棱角磨损、满是苍蝇屎的"黑色文丛"[①]，我每周都要补点货。村子离这只有几公里远，天气好的时候，散步去也是不错的；蜿蜒的道路穿过栗树林和古老的花岗岩，沿着一座小山的山脊曲折而行，山顶上有三簇树，给人一种三峰并峙的印象，本地的人叫它"三角皮伊"，这让我想到驯鹿时代被描绘、被埋葬的一种鹿神，它唯一的见证者就是巨木的根脉，同树枝纠缠在一起；路边有一块路牌，上面画着一只跳跃的小鹿，预示将会出现一种想象中化石了的，或被神化的猎

① "黑色文丛"（Serie noire）是法国伽利玛出版社自1945年起陆续出版的一套书，收录侦探小说、黑色小说、间谍小说等不同类型的作品。

物。我还没走出森林，就有一个声音从后面叫我；我看见约翰迈着沉重的脚步赶上来，往栗树林这边走。我不情愿地等他。

他以前对我很好；但我不想被村子里的人看见自己和这些可怜人为伍：我已堕落、迷失，我不愿再添忏悔。约翰赶上我，他并不是这些人中最差劲的：他其实很温和，只要是尊重他的人他都很当回事，忠心耿耿。他告诉我，一个朋友正在圣雷米等他；我们可以一起过去，如果我愿意在回来时去村子里的咖啡馆接他，我们还可以一起原路返回；我没法拒绝。我们并排走着，他一句话不说，方方的脑壳缩进结实的肩膀，不时握紧拳头嘀咕两句，而我则用眼角余光观察他。我知道他愤怒的原因：他刚刚失去母亲，此前他一直是和母亲一起生活的光棍，然后，他将自己的丧母之痛与一桩由来已久的乡村旧怨嫁接在一起：证据确凿，他认为那些跟他关系一向很糟糕的农场邻居，在夜里把他母亲挖出来，把那具还有弹性的尸体扔到他的井里，埋在他的粪便堆里，混合在牧草里倒进他猪圈的食槽，或用干草覆盖，铺在奶牛的鼻尖下；他们可怕的夜间劳动弄得门吱吱作响，惹得狗狂吠，狂风大作，他哆嗦到天明；在黎明第一道玫瑰色的晨光中,他发现她的鬼魂四处飘荡,肮脏,被吃掉一半,有时候头上有一只公鸡,有时候四肢缠满常春藤,一把干草叉插在她的下颚;他把找上门的警察当成旧敌雇佣的下三滥盗墓者。面对这些极端的亵渎者,这些假装警察和邻居的古怪掘墓人,坟墓的信徒,他一边走一边向上天举起拳头,默默地痛斥树林这片无懈可击的空间;我同情他,又忍不住暗自嘲笑他:两个月前在桑塞尔,我以同样的方式斥骂过游客和卢瓦尔河,妨碍我写作的罪魁祸首,还有那全能的作乱者,空白页的元凶。

我花了不少时间在烟草店,从那些已经被我翻烂的廉价"黑色文丛"中寻几册还能读的;走出店门时,冬夜忽至,纯净夜空闪耀着第一颗星。一种轻世傲物的眩晕涌上来,我的心里有什么快要溢出;我曾徒劳地乞求神恩,但神恩却叛逃了,而此刻,在天体超自然的缺席中,那却成了一种无法忍受的坦然:一旦赐予我,神恩就被玷污。玛丽安娜走开了,在一个美丽的结冰之夜,再没有什么能把我与天空痛苦的空虚分开:我就是这冷的、荒芜的明澈。一个脏兮兮的孩子吹着口哨走过,向这个张口呆望的蠢货文豪投去挖苦的目光;羞耻和现实回来了。我真想触摸一个女人,让她看看我,我想看看夏日田野里的白花，想化作威尼斯画派的猩红色和金绿色；我在黑漆漆的村庄里急行，胳膊下夹着几本破书。村子里唯一的咖啡馆——"旅行者酒店"在广场的尽头摇曳着微光。我走进那间悲伤的房间，弗米加材质的桌子，拖得褪色的地板，没有任何异国情调可以拯救的昏暗点唱机上浓重的腐味，一张配得上最恶劣郊区的柜台，身形敦厚、满脸疲惫的老板娘头顶上，电视机冷冷地注视着房间里的一切。满身泥渍的沉默顾客抬起头；约翰正和邦迪神父坐在一张桌前，他的眼睛雪亮。

两人之间有一瓶红酒，喝了四分之三；下流伙计脸上的那种酒色也荼毒了他们疲惫的脸；我怀疑这不是他们的第一轮酒了。

走到他们桌前时，约翰问道："你认识皮埃罗①吗？"

神父没有回应，微微向我伸手。他又看了看我，并没有假装认出我来，也没有表现得从未见过。很简单，他没认出我，也许是故意没认；现在，任何人对他来说都只是森林里的一棵树、酒吧里的一张椅、田野里的花、轻佻的眼睛里轻佻的对象；没什么用又不可缺少，都是一出演了

---

① 作者的小名。

太多次的戏中疲惫不堪、哗众取宠的龙套，生于斯，归于斯；他看着你，他想的是这段过程，而不是每个人做过那些琐事。

然而他还是接受了我的目光，尽管他拒绝承认其中特殊的命运。但我愿意相信，那一刻，好似阳光唤醒了彩色玻璃，他在我的目光中看到了一个光彩熠熠的年轻教士，曾经有个小男孩含着泪，被他那种迷人的、灵动的、纹章式的语言所打动，看到了所有那些曾经，并且一直把他视为学究、酒鬼、能言善词或喜欢嘲讽而仁慈的"神父先生"的人的目光。他的注意力重新回到那一升酒上，他为约翰满上，然后轮到他自己；铅再度覆盖了彩色玻璃。他的目光又一次消逝于雪中："神父先生"就是那个已经老去的小乔治·邦迪。"为你干杯！"约翰苦笑着说。神父一饮而尽，稳稳地，小心地握着厚厚的酒杯，仿佛那是金子做的。

我没坐下，我尴尬地等着，冒牌货是不屑于揭穿另一个冒牌货，或冒名圣人的；我悄悄催约翰跟我一起走：我们不是该赶在晚饭前回去吗？再说酒瓶已经空了；他们起身，神父去柜台付钱：他穿着一条腰身鼓鼓的破蓝色牛仔裤，一双满是污泥的靴子被他穿得像高级传教士的马裤;一件当地农民从圣埃蒂安的工厂订购的罗纹羊毛狩猎夹克衬出他依旧挺拔的腰板,夹克后背有口袋,金属纽扣上轧制着凸起的号角图案。他迈着醉汉僵硬的步子走得很勉强,对醉汉而言一切都是深渊,他们是一群假装什么也看不见的走钢丝演员。约翰悄悄指了指正从阴沉的老板娘那里接过找零的神父,滑稽又倾慕地模仿他的样子;我从来没有见过他这么放松,几乎是骄傲地,把所有的悲伤都抛在一边。神父漠然地挨个跟人握手,先我们一步出门;一股星辰的激流让他抬起头:诸天诉说神的荣耀①。傲睨的嘴上绽放着一根弗吉尼亚香烟,他什么经文都没引用;我想象这张嘴曾经亲吻过意乱情迷的玛丽·乔治埃特那对赤裸的乳房,或者另外某个接纳他金雨的乡村达那厄②的乳房。词语和吻,那些曾经如此受人爱戴的口语的丰富性,在他身上只留下了一道灰烬的残影,一支带女人味道的卷着金烟草和金色烟蒂的香烟。

他用靴底踩灭烟屁股,朝我们点点头。轻型摩托车靠在过道的毛坯墙上;他抓牢车把手,跨上机器,昂着

---

① 《圣经·诗篇》19。
② 希腊神话人物,宙斯化作金雨与她相爱。

头,似乎还在看星星,不肯在那么多盲目的,如人眼一般的星眼下低头,然后他踩下油门,发动机车;轻型摩托车绕了个小小的之字,他摔倒了。约翰吃惊地轻笑一声。神父双手撑地,抬起头;繁星,明澈而冷的繁星,太初的创造,东方三博士的向导,它们被冠以造物之名:鹅、蝎子、雌鹿和它们的鹿仔,被绘在拱顶上,纯真的花丛中,被绣在祭披上,被孩子们从铝箔纸上剪下,繁星没有闪烁;一个醉汉摔倒了,这不会进入它们无尽的叙述。神父痛苦地重新站起来;被酒水浸透的大地在摇晃,他再也撑不住了;他把机车推到一边,硬着头皮踏入了夜色,踏进这世界尽头的村巷之中。"地要东倒西歪,好像醉酒的人"[①]:他曾是主的目光,是大地的骚动,也许在这么多年之后,他终于是一个人了。他消失了,我们又听见从黑暗中传来金属的声音;他第二次的尝试大约也失败了。

回来的路上,我们走得很快;约翰快活地谈起他出生的屋子;那里一个鬼魂都没有:得了,只有医生才相信那

---

① 《圣经·以赛亚书》24:20。

阴森的故事,说什么掘墓人不断从坟墓里复活他的继母;他们最终会说服约翰,死者已矣的道理,神父早就告诉过他了,神父的职责就是弄清这个道理。约翰会痊愈,他将在圣约翰日①去神父家做客,我们会去那里吃火腿,和神父一起,和所有的朋友一起,在凉爽的厨房里悠哉地喝一杯。穿越森林的过程中他一直沉默;月亮升起,在高大的林里起舞,随处唤醒桦树的精灵;画在冰冷路标上的鹿不停蹦进夜色。我想起了那个昔日跳上摩托车、穿着教袍的半人马;那时,他的眼里只有他用词语得到的优美香艳的造物;然后,我也不知道是什么时候,他对这种造物失去了信仰,也许是取悦她们的信仰:没有人比唐璜更虔诚了。于是,他感到惊讶,或者恐惧,鸟儿的飞翔或癫痫病人引发了震惊,他领会到了其他造物的存在;他明白了,每一天,岁月都会使我们更像一棵树或一个疯子;当他不再是英俊的神父,而成了一个在背地里被人取笑的老神父时,他把其他那些丑陋的,不再有言语,没有灵魂甚至没有肉体的人叫到了他的面前,据说,通过圣迹般的迂回,神恩可以更好地触及这些人;然而,无论他如何下定

①　六月二十四日。

他高傲的决心，无论他如何努力去爱这些微不足道的灵魂，努力将自己的灵魂视为跟他们的平等，我想他都不会成功。也许我错了；不如眼见为实：那个可怕的教区之子，那个诱人的、放荡的神学家，已经成了一个聆听疯子忏悔的酗酒的农民。

什么也没有发生，除了发生在所有人身上的那件事：年纪，衰老的时间。但他没怎么变，仅仅是改换了策略。过去，他徒劳地呼唤神恩，证明自己值得领受神恩，像神恩一样美丽、美得致命；他以激情①模仿并扮演天使，就像假装成小树枝的昆虫，对猎物出其不意：在他纯粹词语的巢穴中，他等待神圣的雏鸟。现在，他估计不再相信，那温顺的，充满转喻的神恩，只需通过顺着准确的语言所编制的绳索重回天空，就能抵达一枚美丽的祈祷像，但反过来，他相信神恩只会借用隐喻那大胆的跳跃和反语讥诮的闪光：圣子死在十字架上。证据确凿，那个游手好闲、酩酊大醉、寡言少语的邦迪努力摧毁自己，他就是那个有一日会被无法言喻的临在所充满的空心：醉汉们总心甘情愿地相信，上帝或写作，就在下一个柜台的后头。

----

① 在宗教里，激情（passion）也有痛苦和受难的含义。

我问了C医生,但未曾对他说起我认识邦迪。他宽厚地笑了笑:邦迪这个人没什么能耐,但也没坏心;况且,病人们喜欢他,也许是因为他跟他们有一样的地位,一样的毛病和长处吧;他像他们一样没文化,但他给他们带烟草;从治疗的层面来说,多鼓励他们接触接触也许是有益的。我不再坚持;我们开始谈论诺瓦利斯。C笑着说他想起圣雷米教堂的屋顶坍塌了,是神父的疏忽所致:只有几个医院里的病人拿这事当借口,开始跑到那间冷得要命、被淹过的教堂做弥撒,鸟儿在那里筑了巢;然后,一提及乡村教堂,就触发了他身上某种无法抗拒的机关,他引用了荷尔德林一首诗①的起句,诗写的是钟楼可爱的蓝色和燕群蓝色的叫声。我酸楚地想到,还是在这首诗里,诗人说人类可以效仿天界的欢愉,"欣喜地以神性度量自身";我快乐地想到"人却诗意地在大地上栖居",徘徊;然后,我悲伤地想到,一个痛苦的神父和一座教堂也在我身上启动了那些机关,那些诗句和风:在悲怆的旌麾下,我和C医生骑马离开了。

---

① 指的是《在迷人的蓝光里》(In lieblicher Bläue)一诗。

205

我快讲完这个故事了。

在食堂，我习惯靠窗，坐在托马对面吃午饭。在那之前，我一点都没有注意到这个喜欢沉思的老实孩子，倔强，爱笑，不起眼；我还察觉到他穿着得体，不过是那种小职员不想被人注意，所谓安分守己的打扮。他处处为餐桌上的同伴着想，礼貌地传递食物，不慌不忙，也不做作，我很受用；而且，尽管他看起来不完全是白丁，但他从来不把精神上的愉悦或困厄当作卖弄的托词：我们就政治、主治医生的个性、电视台节目还有一些无稽琐事交换过几句意见。有一天，他手里的刀叉突然不动了，一脸失落，执拗地盯着窗外，持续了很长时间；外面一个人都没有；托马的下巴在发抖，他心烦意乱。"您看，"他说，"它们多痛苦。"他的声音断断续续。我朝同一方向看去：一阵微弱的冬季北风中，几株酸涩的松树轻轻摇曳。一只乌鸫。几只盘旋的山雀，从一棵树飞到另一棵。朗朗青天。我呆住了：他要给我解释何种我看不到的神秘？圣-保尔·卢①说过，树木交换它们的鸟儿就像交换词语；这个令人满意的隐喻进入我的脑海，令人痛得想发笑：我本

① 圣-保尔·卢(Saint-Paul Roux, 1861—1940)，法国诗人。

可以敲打着餐具,唱出这份痛苦,声嘶力竭——谁的痛苦? 我觉得自己在一本贡布罗维奇①的小说里;但不是,我在精神病院里,我们遵守这里的纪律。

托马激动得突然,平静得也突然。他继续吃东西,他刚刚才让痛苦弥漫在这个冬季的角落,现在对此却不置一词。看都不看一眼。而我,却再也无法将目光从这片废墟上挪开;那儿发生了些什么,树不再有名字,鸟不再有名字,物种之间的混淆把我惊呆了:这一定是一只被赋予语言的动物,或一个失去语言也失去理智的人感知世界的方式。人们解开绑在饲料槽前的乔乔,在装模作样糟蹋了一顿饭后,他感到前所未有的不满足,他进入那片荒野,重新建立平衡;他可怜的手臂短暂地伸进了我的视野;一群麻雀随着他雷鸣般逼近的脚步,从一棵楸树中蹦出来;他麻木的拳头,再一次登上宇宙的拳台:他的脚步意外撞到一棵树,落下的雨打湿了他。"烟镜之神②,"我自言自语道,"跛足,胸口有两道呼扇的门。"那野蛮人的神在耕地一角摇摇晃晃,消失在树林中;我松了口气,想

①　贡布罗维奇(Witold Gombrowicz，1904—1969)，波兰小说家，著有《费尔迪杜凯》等。

②　阿兹特克神话里的神。

笑的劲儿早就过了,我吃了点饭;乔乔用两只脚走路,人们可以把他打造为神,但他正好是个人。

我喜欢护工,一群乐观的家伙,我和他们打牌,从他们那里我了解了托马的激情。他是个纵火狂,树木是他的受害者;旱季的时候,我的护工朋友们常常得带着灭火器在花园里跑来跑去,对此他们看得很开;这是一群快乐的家伙,任何事都吓不到他们;我相信,他们的笑中有真正的仁慈。这么多谵妄的、不完整的话语,错综复杂,早已将他们涤净,而医生们则不同,他们谎称自己有法定审查这些话语的权利;他们之于精神病学家,就像一部马克思兄弟①的电影之于周报的文化版:不严肃,恶意,有益,直指要害。我和他们一起笑话托马的困顿,嘲笑带着火柴潜入夜色的马克思兄弟,他们潮湿的手像是恋人或者杀人犯的手,夏天,一起嘲笑举着水管一路追到花园快要笑死的同伴。我们知道事情没那么简单:对所有人和所有事,托马也许都报以无限的怜悯;可一旦恻隐之心令他窒息,任何眼泪与焦虑都无法担负这种感情,他就会加入刽子手的阵营,以此寻求解脱,那是一个火光闪闪的幽灵

---

① 五个亲兄弟组成的美国喜剧演员团队,活跃于二十世纪上半叶。

时刻。我想象他面对噼里啪啦的驱魔仪式，像上帝吸入燃烧的祭品，向红松的气味探出鼻子，小职员的面孔和面孔上被照亮的暴力，全都染上了闪电使者①的荣光。他是被车灯迷惑的兔子，他是把兔子击毙的掌灯人，他惊慌失措地游走在这两个可以互换的角色之间，被吓得不轻，当那些喜欢说笑、母性十足的护工们把他带回病房时，他还在颤抖。对其他一切，是的，他都充满了怜悯；他一定想减轻这个世界的痛苦，这个世界自凡人起源之初就丧失了恩泽，而且超出剧情走向的是，他想让这个世界消失；在他眼中，所有的造物都是值得怜悯的："被动的自然"②没能成功，这是他看待田间百合的方式。

元月的一个星期天，窗外的黎明生气勃勃，我起了个大早；同一轮旭日下，精神分裂者和装疯卖傻的人，以及两者兼具的人，拿着热气腾腾的饭碗穿梭于食堂，他们坐下，缓缓把嘴凑到碗边，承受着空虚的日子；他们很多人穿着节日的服装。托马就是其中一个。他一边开玩笑，一边推搡着我和他一起去做弥撒。我逃开了：我有很多年没去做弥撒了；我曾经是、现在还是个没有被说动的无神论者；况

---

① 代指上帝，见《圣经·诗篇》18:15：他发出闪电，使人逃窜。
② 参见斯宾诺莎的《伦理学》。

且我在那里会无聊。我没有说我迟疑的最根本原因：我羞于和这群放纵的暴民一起回到村子里。其实他已心领神会，他直视着我，谦逊中怀着痛苦。"你可以来，在那儿做弥撒的只有我们。"我们，捣蛋鬼和装腔作势之人，一丘之貉的懒鬼。我脸红了，去换了身衣服跟托马汇合。

我们在护工的监管下走了一条捷径，像一群被督军看管的划船的奴隶：他们人数众多，全是着了魔的异端创始人，拖着锁链和铁球，戴黄色头巾，走向真十字架①。队伍前列，几个混蛋走得飞快，好像全都急于抵达一个隐秘的终点；他们律动的呼吸渐渐散去，消失在一个转弯处，他们噪杂的声音在一片树林里晕开，顺应冰霜中更纯粹造物的啁啾；然后群鸟飞绝，又来了蹒跚的野兽，来了他们愚蠢的斥骂，来了他们惊人的狂笑和词语，是气喘吁吁的护工把他们朝我们这边赶。我走在这支可怜队伍的末尾，在约翰和托马之间：在一个相信圣母永恒救赎的古怪教徒和一个把创造的挫败归咎于某个醉得不省人事的耶和华万军②祖父的阴暗清洁派教徒之间，我，一个散布

① 天主教圣物之一，据信是钉死耶稣基督的十字架，受天主教徒崇敬。今天，许多教堂都宣称保有真十字架的碎片。此处根据上下文，不是说走向真十字架，而是为了显示神圣。

② 万军之主，神在帮助以色列人时使用的名字。

神恩的祈求者,彻底缺席的父亲和逃跑的女人们永恒的儿子,我准备在圣父的怀中和他造物们内心永恒流淌的鲜血中庆祝圣子的永恒轮回。那就这样吧,在不太宽容的时代,这是个要遭火刑的可爱三人组。这一切都在阳光下,在灰冷易碎的笑声中。

我们快到了,屋顶闪着光,山谷里的村庄出现在我们面前;这蛮荒之地响起小教堂的钟声。C医生和托马说的是实话:轻快和悲伤的钟鸣声不会使任何人感到牺牲的悲伤、重生的欢乐;广场上没有人,教堂台阶上也没有;圣雷米的钟声徒劳地激荡着蓝色的广域,每周日早晨,钟声呼唤的都只有这群恍惚的绵羊而再无其他羊群,他们在每一块石头和每一个词语上乱窜,重重地踩踏小路,广场在他们的轻驰下发出响声,他们哭泣着冲进门廊。这镂空的青铜,傲慢而灿烂的青铜,直到我们穿过拱门后还在回响;钟楼下,穿着日常祭披的神父系着绳索跑来跑去,忙碌、严肃、像在舞蹈。

我们吵吵闹闹地安顿下来;钟声响了好几次才沉默。神父单独为我们跳了这支庄重的绳舞,用神圣的嗓音向我们祝福,然后他安静下来;让教堂的中殿遭受强烈的摇晃是不谨慎的,尤其是中殿已严重损毁:中殿上方,闪着光的高处，简陋的屋架已经秃了；一根黑木横梁泡在淳朴的天空中；一块落下的生石膏堵住了圣器室的门；还有，祭坛后面，一道巨大的裂口朝天空动人的蓝色敞开。为了抵御弥漫在穹顶下的夜间潮气，就像在森林中，石膏圣像从头到脚被裹严实；祭坛则用厚实的旧绿色帐篷布盖住。神父依旧严肃庄重，他揭开了几个圣像，其中有穿着宽松长裤和粗呢上衣的治疗者圣罗可，他大腿上有一片同牛羊共有的炭疽伤痕，有圣雷米主教，老加洛林王朝博学的听告解者，以及其他人；神父笑了笑，似乎很谦卑，以一种深不可测的幽默，在四面串风的中殿插了一只毫无用处的加热器。最后，他抓住篷布的一角，望向听众，约翰立刻就冲上去（或许是在回应每周日都会重复的仪式），抓起另一端，一起展开它：摩西就是这样，在歇脚时，从以色列各部落召集了最愚笨的驼夫，他们在一瞬间就合力支起放置约柜的帐幕。在这片沙漠中，圣幕出现了。邦迪登上台阶，开始布道。

跟很多年前一样，我只能痛苦地为之倾倒；我惊呆了，我放心了。一切正在倾没，却以一种决不让步的体面在坏毁：姿态和词语崇高的表现力崇高地衰落了，遣词造句之平庸，平庸得恰到好处，被掏空的语言抵达不了任何事、任何人；苍白的话语闷在瓦砾中，逃到裂缝里；邦迪像德摩斯梯尼①一样，嘴里填满了鹅卵石，但他取得的却是相反的效果。的确，弥撒使用的是法语，符合大公会议的礼仪改革；但我很清楚，过去邦迪会尽量使用自己的语言，通过一个旋转、致命的表述之筛，让这语言像希伯来语一样回响，今天，他把它变成了一种不充分的习语，平淡且机械，甚至不是方言，而是哪都找不到的"存在"所说的没用、单调、累赘的粗话，一种被几个世界用坏了的、没完没了的礼节性程式用语：他庆祝弥撒，就像空荡荡的大厅里一张唱片独自转动，像旅店老板问大家有没有吃好。

这一切没有矫揉造作、没有讽刺、没有假惺惺的谦卑和热忱，只有愤怒的谦虚。面具是完美的，而为了让这张面具之外没有其他面孔，他付出的努力是悲怆的：他为节日穿上祭披，只系了一根襟带，他局促地亲吻了祭坛布，就像来自乡村的伴郎亲吻一个化了妆、穿低胸礼服的城市新娘；悔罪②中出现的圣徒似乎是石膏画的，圣母是我

---

① 德摩斯梯尼(前384—前322)，古希腊著名的演说家，民主派政治家。

② 弥撒里的一个环节。

的祖母崇敬的好女人;他有点尴尬,飞快地念完了三位一体中三者的隐喻,以及他们在一个奇怪的轮回中的黑暗交易,仿佛他为不得不用一种难以理解的形式让听众厌倦而感到抱歉。在那个四面漏风的教堂中殿,为了我们知道的那些听众,一个勤劳的农民,一个语言的凶手,一个有意识的存在,在偶然的机会下穿上了祭披,筋疲力尽地自我激发,勉勉强强作出补救,借习惯和恒心之力,才能够把一次弥撒说好。

傻子们无法保持不动——然而奇怪的是,他们却可以用自己的方式参与其中。他们对远处邦迪附近的某些东西产生了兴趣:这无限相对的弥撒并不会比田野里蚱蜢的飞行、树木含糊的低语、绕在烂掉的果实周围的苍蝇更能把人吓跑;他们小心翼翼地靠近圣坛,一双双手模糊、贪婪地扒在低矮的木栅上,伸长脖子去看鞘翅颤抖,听风吹响树叶;其中一个壮着胆用指尖摸了摸开裂的祭披。他一边偷偷地笑着一边跑回来,为刚才的壮举紧张,却也骄傲;淘气的护工大声责备他;那个可怜虫发出坏孩子的憋在嗓子里的那种笑声,他也是班里的尖子生。

冷静的神父用残败的词语祝福这些显形的、不可征服的、专制的生物。

他庄重地朝我们走来,雪一样的眼掠过我们,开始了他的布道。那是主显节的弥撒,这弥撒一直以来纪念的都是三王来朝;我还记得邦迪其他的布道,他三倍堂皇的语言追随一颗星,演绎了在沙漠中游荡的国王们和指引他们前行的明亮夜空,演绎了携带没药之人受道成肉身的傲慢所驱使产生的自负。他没有谈论三王:国王向道成肉身投降不再与他有关,他的金玉良言没有动摇这位沉默寡言的、无动于衷的语言分配者。他谈到了冬天,谈到了霜冻中的事物,谈到了教堂里和道路上的寒冷;那天早上,他在后殿捡到一只冻僵的鸟;然后,他就像一个老处女或多愁善感的退休职员,可怜起那些被霜冻袭击的麻雀,被饥饿吞噬,受了惊吓痛苦地在雪地里嚎叫的老野猪,漂亮的白糖似的雪令它们饥饿;他谈到了没有星辰指引的生物的游荡,乌鸦迟钝的飞行,野兔永恒的向前逃窜,谈到夜间,蜘蛛在草料棚中无尽的朝圣。提及天佑[1]是为了记忆,或许这个词的意思被反过来用了。所有风格都消失了;卸下一切专有名词,布道平淡而完美;不再有大卫,不再有托比,不再有神话般的梅尔基奥尔[2];没

---

[1] 宗教词汇,指天主的看顾。
[2] 东方三博士之一。

有句号的句子,亵渎的词语,陈词滥调中透出的愚笨的谦逊,无遮的意义,白色写作①。他像一位伟大的作者②,曾经徒劳地让他的读者"在语言的油锅里"③跳舞,却没有通过他们赢得天上那位伟大读者④的青睐,从此,他便用日常的字眼和流行歌曲的主题,走向那最不受欢迎,读什么都会被吓跑的一类人;天主未必是个挑剔的读者:他的听力可能跟白痴混沌的耳朵一样差。也许,神父也像阿西西的圣方济各⑤一样,只愿为鸟儿和狼群开口;因为如果那些没有语言的物种能听懂他的话,那么便可以确定:的确是神恩触及了他。

乌鸦和野猪感动了这群白痴:他们放声大笑,随意抓

---

① 罗兰·巴特在《写作的零度》中对二十世纪五十年代法国新小说的批评术语,一种力求摆脱所有意识形态干扰的写作,语言平直,较少修饰。同时期前后的作品,比如加缪的《局外人》,也被视为"中性"的白色写作。

② 指天主,世界是一本书,天主是它的作者。

③ 这个说法化用了福楼拜的句子。福楼拜在写给路易丝·科莱(Louise Colet)的一封信中说:"成为一名伟大的作者,用他的句子把人们浸在油锅里,让他们像栗子一样从中跳出来,这是美好的事。"

④ 天主同时也是世界这本书的读者。

⑤ 圣方济各(San Francesco di Assisi,1181—1226),天主教圣人,方济各会的创始人,他是动物、商人、天主教教会运动以及自然环境的主保圣人。天主曾向他显现异相,使其身上有耶稣受难时所承受的圣痕(即双手双脚和左肋的五处伤口)用以感化世人。

住神父说的一个词，用各种语调重说一遍；护工斥责他们；在这场混乱中，几个无动于衷的精神分裂者一如既往地沉思着，沉浸在他们天使的属性中，沉浸在缺席和谜里。我旁边的托马一副残忍又痛快的表情，注视着挂在黑色横梁上的天空一角：丢勒笔下的崇敬天使从远处落向他，也可能是"诱惑"，这卑鄙的饿鬼，围着一群乱飞的麻雀。这一切之中有某种隐隐可耻又不可提及的，几乎是最糟的东西。神父再次开启弥撒；他奉献面包，圣子出现，裂缝开始摇晃；教堂的门响亮地打开：门槛上，呼吸沉重的是阿兹特克的神，他凝望着基督的真身。

护工们冲过去，粗暴地把那个流氓赶出去；乔乔暴跳如雷，但他被吓坏了，被带走的时候悄悄呻吟着，像一条被打的狗。神父转过身：他在微笑。

一九七六年溽热的八月末，我途经 G 城的小镇，想找书看。没有神恩降临到我头上，于是我狂热地查阅所有经文，徒劳地想找到神恩的配方。我遇见一个拉塞莱特的护工；他向我讲了我在那认识的人：乔乔死了，吕塞特·斯居德丽死了；约翰很可能要被终身监禁；时不时被放归文明生活的托马，准时回应了树林的召唤，用火释放

了它们,然后再一次被拘禁。"神父呢?"护工苦涩地笑了;他告诉我一周前刚刚发生的事件如下:

星期六,邦迪跟一群刚脱完麦子的农场工人喝酒;"旅行者酒店"关门了,酒局就移到了本堂神甫的住宅内;醉得特别厉害的几个同伴在破晓时分各自离去,在圣雷米搞出很大动静。星期天早晨,那支队伍照例从拉塞莱特出发;在"三角皮伊"乔木林的最深处,这些寄宿者认出了靠在路标旁的神父的轻型摩托,路标上一只有角的图像跃然而出。约翰冲进森林,护工紧跟其后;在附近某片空地的边缘,在一株山毛榉神圣的阴影里,他像是坐着,倒在一片白荆棘和蓬乱的常春藤中,身上缠满羊齿草,粗布蓝衬衫敞开,露出了他牙白色的胸膛,神父睁大了双眼,正看着他们:他死了。

黎明时分,漫天霞光,青翠的皮伊山在轻盈如醉汉歌声般的天空下清晰可见,向他发出了召唤。他走进森林;他的皮靴发臭,绿荫触到他的前额;他抽着烟,喝下去的酒让他踉跄,嫩叶轻抚他;他吃惊地发出几个我们不认识的音节。有种近似永恒之物,借用鸟儿偶然的空谈声回应了他。近处一只鹿突然的喷气没有吓到他;他看见一只野母猪轻轻向他走来;他听到的智性之歌随着白日愈

218

发响亮。地平线上的光照亮了灌木丛中一只戴胜鸟,一只松鸦,照亮了它们赭色和玫瑰色的花儿一般的羽毛,专注的喙,充满灵性的圆眼。他轻抚柔软的小蛇;一直说着话。烟头烧到他的指头;他抽了最后一口。第一缕阳光打在他身上,他踉跄了一下,为了不让自己摔倒,他抓住了野兽的皮,揪住了一把薄荷;他想起了女人的肉体、孩子的目光,想起天真汉的谵妄:所有的一切都在鸟儿的歌声中言说,他在普世圣言压倒性的意指中跪了下去。他抬起头,感谢天父,一切都有了意义,他倒下,死了。

或许真正的黎明还没到,受惊的公鸡打了一次鸣,被自己孤零零的啼叫吓到,然后去睡回笼觉了;夜还是那么深。正午遥远:完美的象形文字、完善的形式,还有他一去不返的生命装点着他,邦迪神父不再说话,沉睡在森林无边的绿色法袍里,一群虚构的大型雄鹿缓缓经过,鹿角间有一枚十字架。

克萝黛特传

在巴黎,我向上天祈求第二次机会,虽然我并不信它;玛丽安娜的缺席让我的内心彻底腐烂。我在巴黎度过了两年,大喊大叫、无所事事、耽溺幻想的两年:我大声呼救,为的是拒绝别人的帮助并以此为乐;有几个乐善好施的贫苦灵魂被我提高音量的呼救打动,而我越向他们施虐,就越苦恼。我跟着几个可怜的姑娘四处漂泊,处在一种冷漠无情又怒不可遏的状态中:在瓦诺街,我趁夜色破门,第二天因为撞见门房而怕得发抖;在德拉贡街,我被那些挑剔的落魄鬼看中,派去卖大麻,睡在一口水槽底下;在蒙鲁日,一整个冬天我都流离失所:当时被我折磨得死去活来的那个年轻女孩跑遍了巴黎,口袋里塞满了伪造的药物处方,给我带回成堆巴比妥类药物;她用那双极其虔诚的绿眼睛望着我,用孩童般的手乖巧地递给我黑暗的食粮,一切都在摇晃,我醒着的时候亦昏沉;我的手抖得太厉害了,幸好我在眩晕中写下的数不清的手稿全都难以辨认:天意如此。有一次,那是春天了,我透过窗户看见丁香开花。在一个我不知其名的时髦的郊区的夜里，是冬天，我从一座风格现代的顶层阁楼逃走或被驱逐：灰烬在冷木中冷笑，野兽在月下龇牙。我羞辱了某个人，我伤痕累累的手寻找着栅栏、伤口，寻找着出路。无论是步行还是冷霜都无法令我清醒：在荒芜的意识的废墟，在现已散佚的记忆的废墟上，我隐约想起圣马丁运河浑浊的河水，巴士底一家昏暗的小酒馆，还有破晓时分霓虹灯下，那些注定要沉入夜晚的面孔的叛变。忙碌的快速列车迎着朝阳行驶在颤动的铁轨上，一群辛劳而温顺的臣民如幽灵般从郊区赶来，白昼紧随其后；我站在奥斯特里茨①火车站的月台，我并没有要离开。

不过我还是逃走了，被一个把我当成作家的糊涂女人，从首都的浮华里救走了；事情在一夜之间就定下来了，在蒙巴纳斯的一家酒吧里，一个冷嘲热讽的服务生给我倒了半杯白葡萄酒：我志得意满地四处嚷嚷直到流下眼泪。那美人一边喝着柠檬汁一边听我说话；她觉得我可爱，她把我带回了家。她是个美丽的金发女郎，没有恶意，笃信精神分析。

---

① 巴黎火车站之一。

克萝黛特是诺曼底人,所以我去了诺曼底:只有异想天开的异族通婚才足以让我挪地方。在卡昂①,我被安排住进一栋公租房的二楼,住在书堆里,从窗户望出去,公园里的大树在来自大西洋的暴雨中激荡。其中,明显是橡树的那一棵虽然也屈服于共同的暴雨,却比其他树更为雄辩;它拥有一段过去,而拥有过去,就是拥有姓名和语言的一种方式:在树下,克萝黛特对我说,夏洛特·科尔黛②曾发誓要杀死刺杀国王的刺客,然后她在奥日③湿漉漉的黎明中戴着小头巾离开,向另一个人和自己的死亡,向刀锋和救赎出发。我揽过克萝黛特,拥抱她,抚摸她的喉咙;我想象着那个酷爱辩论近乎疯狂的夏洛特,一枚用手帕打好的笨拙的小包袱,里面裹着破碎故事的钝形书壳,放荡的皇后④,九月的屠杀⑤,匕首和神圣的任期:我想,这就好比一位作者,他不知道自己在谈论什么

---

① 诺曼底卡尔瓦多斯省省会城市。

② 夏洛特·科尔黛(Charlotte Corday, 1768—1793),刺杀马拉的女革命家,也出生在诺曼底。

③ 诺曼底的旧地区,主要位于今天卡尔瓦多斯省、奥恩省和厄尔省的西部。

④ 路易十六的皇后安托瓦内特(1755—1793)。

⑤ 一七九二年九月二日到六日持续五天对巴黎狱囚的血腥屠杀,后有许多法国城市效法。这场屠杀的主要呼吁者就是马拉。

也不知道在向什么人谈论，却高呼空洞的言辞，想要向上天，在悲惨的死亡和被铭记的名字的飞升中，讨一个独一无二的席位。雨水冲刷着那棵盲树。

虽说有了这位杰出的榜样和他枝繁叶茂的观众，我还是什么都写不出来。从第一天起，我就撕掉了处方，走出了巴比妥类药物的长梦，或许为了挑战，出于对英雄之举的偏好，又或者，说得通俗一些，为了让自己适应那些重生的可笑幻觉；克萝黛特的关怀让我不再去注视那些瓶子。但我梦见我在写。安非他命的盛宴帮我完成这场虚构，我轻易就改变了信仰，皈依了这位不及克萝黛特睿智的女朋友。

透过这冰冷药物的锋利棱柱，卡昂成了一片荒漠：我流光四溢，神经紧绷，我所到之处，明亮的张力将四周密集的空间撕成锐角；我感受不到深度与色差，感受不到层层暗影那奇迹般的静止，蓝色与棕色的暗影，还有那种逐渐瓦解的金蓝混杂的暗影，它们是事物面对苍穹不容置疑的清澈时，朴素的反叛和最后的庇护；古代锡耶纳①画派的大师们那种强烈的色块为这座城市，为它的地平线

① 十三到十六世纪之间形成于意大利锡耶纳地区的画派。

和氛围画上了影线,原本无形的空气凝结为冰冷的多面体:我在这块巨大的浮冰上,狂喜不已,麻木的手捂着心脏,玻璃般透明的眼睛,最后一层地狱中罪人般苍白的心智。卡昂钟楼的柔和钟声穿过潮湿的小矮树丛和多雨的云雾,它们对普鲁斯特来说如此亲切,对我却毫无意义;唯有男子修道院①那迎击着上天,富有侵略性的笔直线条在我的精神中回荡:我的精神完全缩成了一团雪,像一面光亮的外墙,被一成不变的太阳那刺眼的光线直射,一动不动,即便在夜间也无望熄灭。

梦中,我在那面墙上书写。

我立刻坐到工作桌前,克萝黛特注视着我,眼里的怀疑越来越重;在此之前,我会躲进各种小房间,吞下三到四倍剂量的药物,这种捉迷藏的游戏愚弄不了这位美丽的金发女郎,从房间出来的我目光迷离,双手僵硬,兴许面露愧疚,但这可耻的享乐令我容光焕发。最终,她痛苦地离开,返回自己的诊所,那里有社会和心理个案在等着她,自从她在屋里藏匿了一个不修边幅且不可救药的大写病号,她对那些个案的关心也许就减少了。我发出一

---

① 与相邻的女子修道院被视为诺曼底地区最具代表性的罗曼式建筑,隶属于本笃会,现已废用。

阵冷笑。那些蠢货和我有什么关系？我，一个每天由少许白色粉末献祭的伟大作者。一个亢奋的，毫无创造力的哀伤的清晨——容我再说一遍——快乐的清晨开始了；我是烈焰，我是冷火，我是被人敲碎的冰，我纷繁美丽的碎片闪闪发光；那些太过仓促、太过丰富、阴沉且放纵的句子不断穿梭于我的脑中，然后，在某一个瞬间，它们变了，因变动不居而变得丰富，在我唇间灿烂开放，随即被我抛向室内凯旋的空间；这些无主题无结构的句子，没有思想能阻止它们狂言妄语。一位隐身在所有角落的伟大而耀眼的母亲①，温柔地俯视着我，在我的唇边啜饮，她仁慈而宽厚，全神贯注地倾听我的只言片语，仿佛这只言片语是纯正的黄金；而这只言片语的黄金回荡于我的耳畔，积攒在我的心中，变成劣质黄金从我的嘴里吐出来：吝啬鬼，我连一盎司黄金都不会托付给白纸。然而我还是告诉自己，我一定会写得很棒！我的笔掌握了这些美妙材料的百分之一，这还不够吗？哎，它们之所以落得如此田地，只因执笔者毫无掌控力，它们出自我手。而我写下的是否只是它们在纸上留下的灰烬呢，如一根燃烧

---

① 指的是圣母玛利亚。

后的柴,一个欢愉后的女人？好吧,不管怎么说刚才我还
是写了,不疾不徐。下午五点,我的牙齿在打颤。烟火已
耗尽,我白昼的眼睛在宇宙暗淡的灰夜下失色:我瞧着桌
面上一叠没有动过的白纸;寂静的房间里没有任何回声
庆祝那一再被宣誓、被逃避的残缺的劳作。时间就这样
过去了:窗外,那棵历史悠久的树,叶片越发喋喋不休,它
们无所亏欠,对那个受到灵启的、已然死去的女子,它们
无所亏欠。

　　安非他命差点要了我命;但是今天,我的心一紧,我
感到悔恨,就像我曾经有一个女人然后失去了,我觉得我
欠它们一个最纯洁的、在某种程度上属于文学的幸福时
刻。如此一想,我便觉得孤独,孤独得完美无缺;我成了
词语之臣的帝王,他们的奴隶,他们的同侪;我是在场的;
而世界缺席了,概念的黑色航行覆盖了一切;在一千个太
阳那光芒万丈的云母的片片废墟上,我那假模假样、尚未
现形却高贵无比的书写如同幽灵,却是唯一的幸存,我写
得上天入地,展开无尽的绷带去包扎世界的尸骸。我就
在那堆坟上不知疲倦地宣读墓志,单靠一张嘴不停念咒,
我赢了:我来到大师的一边,优胜的一边,死亡的一边。
这幸福不归功于灵魂的力量,但它或许是最高级的人类

幸福;正如野兽之幸在于他们顺应自身的天性,我的狂喜则因为它恰好与所谓人类的本性相吻合:词语和时间,为了喂养时间而虚掷的词语,不论是什么词,真的也好假的也罢,真挚的也好冷漠的也罢,不管它是黄金还是铅块,都一头猛扎进那条始终完整、贪婪、开裂的宁静水流,不计得失,哗然一片。

我盼着克萝黛特会给我弄些毒药来;但她拒绝了。我鲁莽粗暴地跟她做爱:我本希望,她的肉体会像文字一样顺从,任人摆布;但没有,她在这世上过得很好,没我她照样存在,她一面渴望一面抵抗,我给她快感,这就是我报复她的方式;她尖叫是因为我,至少我这么觉得,这些尖叫就是我从她身体里挤出的词。即便我在大清早装模作样,即便我含含糊糊地抵赖不认,她也很清楚我并没有在写:蒙巴纳斯那自吹自擂的大作家就是这样一个激动的废物,这样一个坐在白纸前写不出字的狂躁症病人;接着,我愤愤不平、冷嘲热讽地拒绝了她动用社会关系给我找的那些活儿;她养着我;她很绝望;我的笑声让种种童话似的激情显得荒谬,这也许是我自负的想法,但反倒让她看起来不那么可笑:网球,钢琴,精神分析,包机旅行。

但她是高尚的。我记得她的目光,某个冬日,在海边;她开始泄气了,但还没完全失去希望:我的确不是作家,我懒,而且有点爱说谎;行吧,她会适应的,她会尽力的,但行行好吧,我该感激她的,我该屈尊让她活在这个世界上,就像她许我活在这世界之外:所有这一切,都包含在她看我的目光中,没有执着也没有泪水,只有尊严,只有爱。她戴着一顶针织毛线帽,脚穿一双黄色胶皮靴,在死气沉沉的沙滩上显得稚气且快乐;她冻得通红,海鸥凄厉的叫声加重她的忧郁;我的目光离开她,扫过无垠的海滩,冬季把它献给面无表情的暴力、哀怨的呜咽,和永恒的迟缓;我看见一辆白色大众牌汽车停在对面的沙丘上,沉重的天空一片铁灰,带有几抹铅白色水粉的色彩,还有海洋那场浩大的爬行,怒气冲冲、波涛汹涌、辛劳无尽:世界,与其说毫无价值,不如说不可让渡。克萝黛特在那下面,穿着黄色的鞋子,沙滩上意气风发的一小点儿,那个她在我的记忆中停留了一会,然后勇敢地走入那些把她抹掉的绿色和灰色,又几步,还有些许黄色,浪花将她卷走,她消失了。

克萝黛特,我让她失望了,没什么好说的;她对我的最后一丝感情,她看向我的最后一道目光,也许,是一种恐惧与同情交织的排斥。她逃离了使她失去自我的一切,又或许在时光流转中找回了自我。将来她会嫁给某个体格健壮、精神饱满的大学教师,那人思想激进、前程似锦;她在高尔夫草坪上奔跑,穿着网球裙从阴影跳到阳光下,绒球的悦耳响声来得正好,她停住柔软的大腿,再次出发,柔软的布料在她腰间舞蹈;她会完成博士论文,评审团的赞许让她羞红了脸;她将在欢快海洋的小帆下欢笑,拥抱她的双臂加快了她的呼吸,而无限的世界由这些事物构成:远方、巍峨的清真寺、无垠的沙滩边低垂的茂盛植物、飞机时刻表,还有那些出身高贵、身着晚礼服漫步于夏季花园的男子,他们殷勤地向她求爱,个个坚定、平静,犹如雕像,有着家族长辈般的自负和青年男子的热情。她不停的分析导致了意外的反弹,在缺少另一种生活之时,造就了她的生活;她无法承受那一次次的消失和逃离,幸福不会回来了;甚至有可能她已经死了,她本该有个更广阔的"微渺人生"。愿她不再记得我。

我在羞愧中离开了卡昂。在火车站,克罗黛特丢下我走了,那时我俩都心事重重,茫然无措,没有胆量去面对无法挽回的事。我还记得有一天晚上她曾在这儿等过我,她化了妆,穿着长裙,引来铁路工人们的垂涎,和一大帮疲倦的男人直勾勾的双眼，他们的双手黝黑而贪婪，被遥远的工作摧残，又被皱巴巴的车票和醉酒大兵之间那穿着低胸装的女人的奢侈和清新之美所羞辱。我返回这群人当中，再也没有解开过她的内衣；她逃走了；夏末的夜晚在光亮的铁轨上奔驰，疾驰而过的列车闪着红光。我也不清楚该去哪；不知道弄人的还是漠然的命运掷下骰子，我爬上一节车厢，扳道岔负责剩下的事：我抵达了欧桑日。

　　我在那儿将遇到洛蕾特·德·露伊。

早夭女童传

必须结个尾了。那是冬季，正午，低压压的乌云整齐地铺满了天空；近处，一只狗缓慢、狡猾、有规律地吠着，仿佛从海螺中传来，让人觉得它在往死里嚎；也许要下雪了。我想起同一群狗在夏夜水洼的反光中，领回羊群，欢快地狂吠；那时我还是个孩子，韶光也浅。可我再怎么挖空心思去想或许都是徒劳：我不知道有什么从我心中溜走了，又有什么深埋着。就让我们再一次想象事情就是我要讲述的那样吧。

在我对幼年的回忆里，我经常生病。母亲把我留在她的卧房，贴身照顾，全心全意守着我；操场那边传来孩子的叫喊声，不太真实，同燕子一道盘旋而上，随即湮没无闻；我们往壁炉里丢了几块柴，毕毕剥剥地响着；火焰将熄时，幽灵出现在最后的红光中，一开始他们甚是张扬、清晰，你简直可以跟他们玩耍，后来变成模糊的厚厚的一团，简直叫不出那是什么，没有名字，像一块块栖息在小孩身上的黑影。又到了白天，驼背的埃莉斯盘算着往煤渣里吹了一口气，一道崭新的火焰就在她的黑裙底下诞生，她借着亮光温柔地对我笑。但愿我那时也对她笑了。她留我一个人；然后我便发现了一切；我透过窗户发现了空间，远处天空重重压在通往塞鲁的路上，也压着我看不见的塞鲁，而在这个时间点，塞鲁正在森林暗淡的地平线后固执地维持着它的屋顶和生灵的微小意志。我召唤不可见的、被命名的地点。我发现了书籍，你可以轻易地葬身于书就像葬身于天空胜利的裙摆。我得知天空和书一样会伤害你、诱惑你。一旦远离奴役般的游戏，我发现我们可以不去模仿世界，不干预它，只用眼角瞧着它自生自灭，并在一种可以转化为喜悦的痛楚中，因不参与而感到狂喜：在空间与书籍的交叉口，诞生了一具静止的身体，那依旧是我，是我在那不可能的誓言中不住地颤抖，发誓要让阅读符合这个有形的世界的绚烂。过去的事物像空间一样令人眩晕，它们留在记忆里的痕迹如文字般衰退：我发现我们会记忆。

没关系，夸张的表达还没宠坏我。我有一个储蓄罐，是只经典的粉红色小猪，可怜又滑稽，能让我在床上玩许久，它令我着迷，也惹我嫌弃。储蓄罐里塞着几枚五法郎硬币；不知道根据哪条不管用的黑暗法则，这笔看不见的财富归了我,我摇响空心瓷腹里的硬币,这微薄的意外之物是什么? 更令我失望的是柜子里还有另一只存钱罐,远比这只瞩目,它是一个妙不可言的禁忌:那是一条石板青或者说鸢蓝色的小鱼,灵活地游弋着,我悄悄摸它的时候,手指碰到它透明的鱼鳞。《一千零一夜》里有种狡猾难对付的鱼,他们会说话,能变成金子,鱼须能施魔法;粗呢布上,这条鱼从半明半暗处久久地低声呼唤我,就像另一条鱼在波斯湾的蓝色中呼唤一个戴头巾的小渔夫,波斯湾的海浪把天才们抛上岸,任由卵石击打。我不该碰它的。它属于我幼小的姐姐。我幼小的姐姐已经死了。

有一次——是我病得更重、装得更像,还是累坏了的母亲决定相信我? 我不知道——我也有了和那条鱼玩耍的权利。本来把这东西让给我,我很高兴,但高兴很快就被一种越来越强烈的慌乱所取代:这存钱罐有别于我的那只。这样一来,我的姐姐就变成了一个小天使,她把我抛在人世,抛在这一无是处的世界里;她只存在于激动的双唇间,存在于唯一一张呆板的相片里,胖乎乎冰冷的脸颊像一个丘比特,而我则必须苦熬下去。外头,纯净的天空展开自身,我缺失了神,下意识松开了手,小鱼碎了一地。母亲一边哭，一边收拾着蓝色瓷器的残骸，除了在她的和我的记忆里，它再无形状。

后来，我又一次因为生病留在母亲的房间，那一定是冬季，就在那个挣扎着要不要点灯，要继续还是放弃，还是再次拖延的时间点上，我认识了阿蒂尔·兰波。我想，愿上帝宽恕我，那是菲利克斯每年都会搞来一本的《佛蒙特历书》①——以粗制滥造的幽默版画闻名，版画后刊有肤浅的专栏，内容涉及文学、政治、地理，就是那些在村子里会立刻被称为"文化"的东西。那篇文章配有一张兰波童年快要结束时的劣质小照，他在赌气，他总是这样，但这张照片里的他看起来更自闭，如果可以这么说的话，更迟钝且秉性难改，就像我班级合影里那些星夜兼程从最偏远村庄——雷夏漠或是萨拉辛纳，这是些神奇的偏远之地，在这样的地方，哀悼是没有用的，这里有更空旷的空间，严寒对总是红肿的手来说也更加残酷——一大早赶来的同学，穿得邋里邋遢，不合时宜。我认得那种呆头呆脑的温和以及见不得人的紧张抽搐，我们在同一张板

————————

① 一八八六年由约瑟夫·佛蒙特（Joseph Vermot, 1828—1893）创办的年历，一天一页，内容包括实用信息、笑话、双关语、插图等元素。

凳上坐过。文章题目也吸引我,我还读错了:"阿蒂尔·兰波,永恒的孩子",其实本该是"永恒的流浪"[①];我很久以后才改正这个口误,随它去吧。不,这具牢骚满腹的身体和那段被专栏作者浪漫化了的阿登省里的笨拙童年对我来说都不陌生。我的窗外还有别的阿登[②],而且我的父亲,虽然他不是军官,也像弗雷德里克·兰波[③]军官一样跑了;穆里乌的磨坊比默兹河[④]的磨坊更幽僻,五月时,我曾在那儿放过几条松动的小船,也许还放掉了我的生命;凝固的空气令我流泪,我将同情和羞愧当作激情的姐妹。文章里其他的观点使我困惑,但有朝一日能解开谜团的想法令我兴奋,让我觉得自己能配得上这位刚刚给我启示的、突如其来的榜样:那么,这凶残的诗是什么?它跟我们在学校早自习,在第一缕晨光下结结巴巴背诵的那些乖巧的句子毫不相干,好像为了写出这样的诗,我们要付出巨大的代价,要离开家庭,离开世界,最后离开

---

① 孩子(enfant)和流浪(errant)在法语里是拼写和发音相近的两个词。

② 叙述者把生活过的地方和兰波生活过的阿登省类比。

③ 兰波的父亲,在兰波六岁时离开了家,一去不返,这一点和米雄的经历类似。

④ 法国东北部河流名,流经阿登地区,包括兰波生长的夏尔维勒,直到比利时、荷兰,汇入北海。

自己,我们因为爱它而把它像废物一样扔掉,它让你变成行尸走肉,让你活得超凡脱俗? 而且,兰波也有个妹妹,一个不顾一切爱他的妹妹,远远服侍着他,守护神一般在远离夏尔维勒①的地方看护他最后的汗水与背弃,但天使却是他,是他自己。唯独对他,对这个一无所有的大男孩,不知名的专栏作者才奉上天使的封号,直到今天我都觉得这个封号只属于死去的小男孩还有小女孩们,属于某只困倦的乌贼,属于远在夏特吕地底下由花朵安慰的令人心碎的可怖之物。

好吧,总有一天我也要成为天使,像那些死者一样被人爱戴。但若是我迟到太久,还有谁会来爱我呢? 我望着火焰落泪,呼唤我的母亲,逼她发誓说祖父母绝不会死。老朽的尸身们如今静静躺在天使的小盒子旁,在夏特吕,再没有眼睛看我长出翅膀;我手中那寥寥几枝花恐难安抚他们,季节流转,侵蚀了他们的骨骸,磨灭了我的意志,我抄下小学时候背诵的课文,并且我知道,在一个冬夜,在一间记忆消散的房间内,在他们也读过的一页页《佛蒙特历书》间,我已经给自己设下了一个陷阱,陷阱渐

① 法国东北部市镇,兰波出生长大的地方。

236

渐收紧它的颚齿。

　　小时候我就知道有孩子死掉；那不是传说，我的确经历过，我知道我们都是血肉之躯，他们并没有在巧妙的飞升中领先于我；我很怀疑，他们是不是像别人向我保证的那样，变成了羽翼丰满的天使。可是，一旦他们必死无疑，围绕着他们的一切就都变了。转眼之间，临终的时刻，永恒将至，他们就成了还剩一口气的可怕传说；埃莉斯和安德蕾低声议论，频频叹息，我假装玩耍，偷听她们在说什么：昨天这些孩子还无足轻重，为什么突然就受到了重视？为什么我一靠近人们就压低嗓音，就像在谈论轻浮的女人、无法偿还的债务，谈论我轻浮的、不可原谅的父亲时？然后，厨房里来了位邻居，与往日相比，他步伐缓慢，大摇大摆，眼神意味深长，或者菲利克斯带着转瞬即逝的威严，带回从小酒馆里搜集到的可靠消息，冬日愈发辽阔，夏日愈发湛蓝，孩子已经殁了。丁香之蓝颤动着，雪花奇迹般自空无坠落，我在其中寻找无可争议的飞行。

　　萨拉辛纳有个孩子死于白喉。谁也没想到，这个温柔老派的红头发，这个长眠不醒彻底死于睡眠之乡的红头发,这个在我闷闷不乐时吃过我耳光的傻瓜,从此进入了有翼飞翔的队列,拥有了云雾做的身体。既已被生活所骗,难道为了飞翔,还要永久地被死亡欺骗吗?我来自福吉特斯①的小表妹贝尔纳黛特患了一种可怕的疾病;我常常和她还有她的妹妹一起在巨树下玩耍,跃动的光亮穿过树叶洒在她们茫然的面孔和浅色裙子上,或在她们家正对森林的大农场的门槛上玩耍,而如今,记忆的伪币②让她们在我眼中变成一对时而快乐时而严肃的表姐妹,从《窄门》③中来回穿梭逃窜,就像在玩捉迷藏。再无夏日的凉荫给她慰藉;她流血,她恳求,她知道她要死了。埃莉斯走路去为她守夜,去忍受那惊恐的目光对她的催告,忍受那只年轻无力的手求助于那只苍老有力的手,那些清晨,埃莉斯回到家,屈辱而沉默,她认命了。最后的结局是死亡,孩子成了一个提不得的伤疤,只能讳莫如深;那天晚上,埃莉斯请我们离开厨房,立即上床睡觉,她有事要做:她掌握着古老的巫术,若有需要,可以给女人止血,遏止在草垛上投下滚滚天雷的老天的怒气,可以抢

① 克勒兹省的一个市镇。
② 化用法国作家纪德的小说《伪币制造者》的题目。
③ 纪德的另一本宗教题材的小说。

在那些头上长角的神祇之前——他们一次就能击倒十头公牛，让母羊不停旋转直至死亡——延缓不可避免的命运，总之，就像我们说的，既已无计可施，不如绝地反击。对于这一切，这几个世纪以来只在女性间密传的一切，埃莉斯很谨慎，不愿再延续下去，她将其转化为淳朴的没用的祷告，化成几滴来自卢尔德①的圣水和一出天真的哑剧，而在这出我没看过的剧目中挣扎的，我想，是驼背又固执，脆弱却不信神的埃莉斯的善意。我的外祖母决定使用"形似"法，她必须通过控制大量水流来止血，我知道她未必就真的相信那涓涓红流会听命于她，但她勇敢地追求这个隐喻，像是完成一项任务；于是，那天晚上，她在厨房水龙头和弗米加桌之间，向祭坛中过时的圣徒们完成了一场神秘的祭祀。埃莉斯当然知道，她不是巫师，白血病也没那么容易上当：福吉特斯的一个清晨，阳光在高墙上跳跃，孩子死了，死在声声哀嚎中。她也是，也成了天使，或者成了圣-帕尔都②公墓里一位娴静的祖先，夏日，金雀花和黄金雨点的荆棘在墓园中燃烧。

---

① 法国西南部比利牛斯省的一个市镇，也是全法国最大的天主教朝圣地。

② 上维埃纳省的一个市镇。

从此,人们称她为"那个可怜的小女孩",说她是"你可怜的小姐姐"。事实上,在穆里乌,兴许就像在普通人中最常见的那样,迎合的文字在无意间暴露他们的心理,人们忌讳说"死了""逝世""消失";连"驾鹤"也很少;不,所有死者都是"可怜的",他们在我们不知道的地方因寒冷,因恍惚的饥饿和孤独而发抖,这些比叫花子和傻子还要囊空如洗、茫然无措的"死者,可怜的死者"①,全都恍恍惚惚,窘迫地困在一个噩梦的枝枝节节,一言不发,这些原本温厚、和善,像小拇指一样迷失于黑暗的人,这些永远最不起眼、最渺小的人,当他们出现在旧照片上,看起来是这样恐怖。我真切地感受到这些是我们去夏特吕墓地的时候,透过女人们沮丧的神情,透过菲利克斯摘帽时深深的自责,我看到一定有人真的在地底受苦;一定有人本想来却来不了,被事情耽搁,就像那些每年给你写信告诉你他们有多想再见到你的远房表亲,可旅程太漫长了,他们负担不起那些钱,生活的磨盘拉得越来越紧,把他们研碎了留在原地,乃至于他们羞愧地沉默了,再无音讯。我总有事做;我汲水浇花,用手在花盆里填满优质的

---

① 出自波德莱尔《恶之花》中的《你嫉妒过的那个好心的女婢》一诗。

土壤,偷偷地把我的脸埋在菊花永恒的尘埃中;常常是在冬季;教堂耸立于墓地的高丘之上,灰蒙蒙的钟楼和天空撞进我心,满目山谷苍翠,想象中我向山谷飞奔得有多快,一根被踩踏的树枝发出的脆声就有多响,水坑里爆发出越来越多看得见的笑;我非常想活着。当我为了不弄湿星期天穿的裤子而伸直双臂小心翼翼地把水罐端回来时,活下来的和逝去的都来迎接我,令我挨个地想起那一亩慢慢种满鲜花的砂石地,想起一把撒在死亡之城上的盐,想起乌鸦戚戚声中所包含的地下的哀呼,那叫声来自比鲜花和盐更低的地方,暗暗从我那不会说话的,埋入昏黑的小姐姐身上汲取养分。什么,这就是天使吗?是的,天使的生命就是这种不幸。奇迹,即不幸。

最后,我们遗憾地走在坟茔之间,沿着陡峭的小路走下去。下面,整个村庄就在我眼前,美丽的夏特吕顺坡而建,到处是高大的老宅,平静的影和苔;但这个夏特吕是障眼法,真正的夏特吕在我们身后:菲利克斯曾向它祈过愿,那是他在穆里乌的时候,他筋疲力尽,可做的事很少,所以有点失望,于是他说"等我到了夏特吕"。我握住他的手,他身上厚厚的丝绒气味令我安心,如果他俯身,我的脸颊就会感受到他重重的呼吸。每次,母亲和祖母都要指给我看她们学习阅读的那间学校;记忆回来了,那些学过的单词,带着死者,带着被她们扯过辫子的死去的小女孩们,带着向她们求过爱的死去的顽皮的小男孩们,曾经活过的死者,太奇异了。他们也在我们身后暗下去。通常我们当天就会去卡兹,若是天晴,我们就沿着秋季茂密的栗树林,夏日燃烧的金光,或鸟鸣夹道的小径,用脚走着去。我们意外地来到了一片更圣洁的土地,人们怀着爱意和一闪而过的怜悯向我保证,这地方终将属于我,那时菲利克斯的情绪也证实了这将是一片完全不同的田野,会结出更生机勃发的金雀花,更迫不及待的草。终于,我内心舞动着一种强烈的音乐,我沉醉在自己的影里,而那栋家宅,从它的小树丛,从它的丁香和流传的往事中浮现,它早已慢慢地退入没有收成的荒季,徒然的四壁只能封住时间这噬兽;可有什么关系呢。我总会长大的,会花钱去修它;我会给紫藤剪枝;在埃莉斯对着荆棘叹息的小花园里,人们曾经告诉我我将有一个紫罗兰和绣球的未来;在这里,将有孩子们嬉戏,未来会大获全胜:我会回来度假,满足于讨那些死去的老骨头的欢心。菲利克斯诚不欺我:的确,在夏特吕,在靠近瑟茹的岔路口,看得见寂静村落的地方,没人认得加约东家草木坚韧的土地：为了维系我微不足道的人生，田产已被低价出售。但那宅子还是我的；我对它的爱丝毫未减。那里颓丧着一株枯死的紫藤；因为暴风雨和我的疏忽，一切都荒废了；菲利克斯为我种下的稀有树木接二连三地倒在了谷仓上，有些突然脆裂，有些缓慢腐烂。狂风把狂热的板岩掷在栗子树的一侧，活人睡过的地方积满了死水，肖像画砸落，另一些东西在柜子深处的黑暗中冲填它们遗忘的微笑，耗子死了，别的什么却回来了，一切慢条斯理，分崩离析。好吧，一切都好；仁慈的天使们在板岩飞过时经过，在青空中折翅又重生；夜里，他们拂去蛛网，在破碎的窗棂边月复一月地看着他们知道名字的祖先们的照片，他们轻柔耳语着欢笑着，如夜般幽蓝，深邃，却像星辰一样清透；让他们享受我那没法住人的遗产吧；奇迹是圆满的。

我姐姐出生于一九四一年，我相信是在秋天，就在父亲和母亲当时任职的马尔萨克①；马尔萨克有个小火车站和一间大磨坊，阿尔都尔河从下穆里乌流经此处，这里

---

① 法国西南部塔恩-加龙省的一个市镇。

243

住着沙当多一家、塞内茹一家、雅克满一家,他们会送人苹果,在各自的小花园里慢慢老去;小的时候我和母亲骑自行车去过那儿;那时她还很年轻,也可能我记忆里存着的就是她年轻的模样,早晨,她穿一件浅色连衣裙悠然地踩着脚踏板,穿过盛夏金色的光斑——在她那个把车骑得飞快的话痨儿子身旁,她是多么孤独。他们在这个地方孕育生命,他,那个装玻璃眼珠的男人,生来有缺陷却接受自己的男人,某遗忘军团神秘的独眼领导者,他也许活着,也许已往生,而她,一个来自卡兹的农家女孩,身上有另一种缺陷,她不觉得世界亏欠了她,她害羞且快乐,一直是个孩子,永远是个孩子。那是在战争期间,道路的尽头有几支德军纵队缓缓行进,阴沉可怕,村人们用他们祖先看黑太子①伟大骑兵队行进时的眼睛看着那些德国人,古老的眼睛,对虚幻之事信以为真;游击队和它年轻的幽灵们在树林里漫步,破坏铁轨,炸毁护航列车然后敲响警钟,划破了马尔萨克周围夜晚的宁静。除了这费解的、喧嚣的、不知道谁在说谎的战争之外,母亲还有其他

①　爱德华三世的长子(1330—1376),威尔士亲王,百年战争初期英方主要领袖之一,绰号大概是由于他穿戴黑色盔甲。曾入侵作者成长的阿基坦地区,被封为阿基坦公爵,一三六二到一三七二年间在当地进行了残暴统治。

事要担忧:独眼大师处处留情,狂饮烈酒,满口谎言,但他应该是爱着她的;她等待着他们的第一个孩子,她自己都不怎么相信,觉得自己还是卡兹收获季的那个小女孩,为那里微不足道的小事织成的语言和生命感动,欢笑:在脸蛋儿上画一撇胡子,就没人能把你认出来;在夏季泉边的草地上吃午后点心,巧克力会更美味,还有祖父莱昂纳德那匹蹄子内翻、精力旺盛的牝马,会把喝醉的他从农展会驮回家。上帝啊,他真有趣,披着羊毛披风踉踉跄跄的样子,天晓得还有什么。产期将近,在卡兹的旧门槛上,老妇人拄着拐杖准备启程,她将穿过森林,经过沙坦,在那儿,安托万爱笑的侄孙女长大了,她为她开了一罐沙丁鱼,接着,到了圣古索和阿雷纳阴凉的斜坡,她口袋里的圣器就是佩鲁榭家不可夺取的遗产,是他们无能的重负,接生时的护身符;秋日既降,埃莉斯踏过新发的石楠花,踏过高耸的主教权杖般的紫色毛地黄,她满心欢喜,没有一丝杂念,只是浅浅地笑着。在马尔萨克的学校,在埃莉斯、圣器和老派法国乡村医生之间,孩子出生了。这个女孩叫玛德莱娜。

她有一双深蓝色的大眼睛—— 一定是遗传了原姓于莫,婚后改姓米雄的克拉拉——而且,就像人们老说的那样,她应该很漂亮。她被带到马尔萨克的小花园,那里的苹果树下长满香豌豆,火车头喷出的烟雾呼唤着她,她手伸向远方,却不知抓住近旁;她被带到了卡兹,栗树下浓密的暗影笼罩着她,有那么一会儿,她被放在旧门槛上,一种模糊的方言夹杂着紫藤色的天光飘过她的头顶,这一幕向她展示了天使的语言,这种语言遥遥呼应着远处塞尚式澄澈的、充满呼唤的阴影,下午五点明亮树林的阴影,令她吃惊;掠过她眼前的所谓原始场景来不及破坏这绝妙的和谐。也许她路过一次穆里乌,但那时她正在公共汽车上熟睡,或者小脸蛋儿冲着我们母亲的脸颊盈盈地笑,所以她没看到陡峭的钟楼、镀金的指示牌和永恒的椴花树,就是在这里,埋葬着她永远不会认识的对手,也就是她弟弟的不可思议的童年。菲利克斯的手太大太笨拙了,她感到害怕,而且他充满怜爱的粗重呼吸不断喷在她脸上;欧仁尼也这么吐气,手也这么大;埃梅眯着一只笑眼抱起她,另一只眼睛却是暗的,天堂般遥远无情:她或许有机会观察到男性的无力,他们紧紧攥着拳头却只抓得住远方,抓得住名字而抓不住襁褓,而且,对于那些永远骚动的肉体,他们实在感到深深的厌倦,却还要去观察,甚至试图正派地去爱,这些笨拙的男人们,他们的任务就是要把看见的东西拿去配合他们的梦境,并最终借由这种调配进入一种沉醉,但他们注定要清醒,孩子哭了,母亲怒了,他们走出去,轻轻带上了门。醒了酒他们就坐在门槛上吹牛,庄严又失落地看着他们的天空和树林,想再做一回天使,于是又喝酒去了。他们回来的时候孩子已熟睡。

她不关心自己的名字,因为名字是个有缺陷的怪物,那时她的形象还没遮蔽世界,而世界对我们来说不过是提供行头的大衣橱;她突然觉得痛,却不知如何说出这痛:她觉得这疼痛仿佛跟普遍的和谐并无不同,她自己就是这和谐的一枚延长音,正如蓝得过分的天空,归家的母亲或者纯黑的夜也是,一个发高烧的婴儿只不过颤抖得更厉害,更剧烈也更靠近一个难以承受的鸿蒙之初,我们永远无法理解她无言的谵妄和滚烫的泪水,那是一种被拒斥的奇迹,就像环绕着圣父宝座的合唱团的最后一阶。恰逢六月最热的时节,一辆那个时代的鱼雷形敞篷汽车从贝内旺驶来,走下来的是让·德塞医生。他穿着轻便的西装,脚踩双色鞋,像牧师,轻浮又帅气;他像老派的法国父辈一样打蝴蝶领结,凑近摇篮,轻轻拍打那具不安分的小身体,好好检查了一番,可回应他的只有那捉摸不透的、冷漠的旧敌；他照例写了处方；闪闪发光的敞篷汽车在庭院砾石上调了个头就出发了，碾过我母亲肝肠寸断的心。持续了这么久的延长音碎了，也许她打了个嗝儿，死时眼神散了，在一阵狂喜或者一阵意想不到的空洞恐惧中，身体从夏日被撤回，还有跟夏季联系更紧密的事：玛德莱娜于一九四二年六月二十四日清晨去世，那天是圣约翰节，巨大的热浪在马尔萨克升腾，纯净的以太像暴君一样统治着公鸡的喉咙，像灿烂的泪珠般散落，沸腾在百合花金色的心中，然后又从那里反射到三重神圣的太阳上。

于是，这对来自卡兹的老夫妻又来了，还有来自马兹拉的另一对，前者坐着马车，后者坐着罗萨利；也许他们每个人都在质问自己，是什么样的黑血在反叛，是什么样的仇怨不偏不倚报复着这副小身躯，被吃掉的究竟是农民阿特柔斯①的哪个女儿？在维尔莫伊②陡峭的斜坡上，固执的菲利克斯戴黑帽，手握缰绳，对着马儿破口大骂，他觉得这就是加约东家族赎罪的方式，还有他的

---

　　①　希腊神话人物，阿伽门农之父。阿特柔斯假装与自己的兄弟提埃斯特斯和解并设宴招待他，却杀了他的两个儿子，将他们的肉给不知情的提埃斯特斯吃。
　　②　卡兹的一座小山丘。

轻浮，他古怪的兴趣：讲究排场，栗色的母马、皮质的装备、玫瑰花，以及他荒唐的农艺（弄得卡兹一片荒芜）；而老穆里柯①家族在埃莉斯身上还魂了；先祖莱昂纳德从树荫下站起来，嘀嘀咕咕地控诉着，消失在一阵颠簸和一片纷飞的金蝇中，这位心灵干涸的创始人一苏②又一苏地买下卡兹，在这个男人唯一一张肖像中，他攥着钱包，胡子拉碴，像只耐心的蠼螋一样坐在分立两侧的妻儿——玛丽·坎西安③和保罗-亚历克西④之间，她们为了暴君的荣耀摆好姿势，面露微笑，迟疑且柔和，而莱昂纳德喜欢金子，喜欢自己的母马，厌恶男人；然后，光天化日之下暗影里突然冒出一个浪子和一个孽子，沉默的杜孚尔诺，像施洗约翰一样蓬头垢面，弑父的佩鲁榭，灌木丛中绿色的厄里倪厄斯⑤从墓畔吹起他们的头发。从另一个方向传来了嘶哑的噗噗声，我认得这辆老爷车，它正经过尚蓬⑥附近的门廊，门廊底下《启示录》里的长老们⑦痴痴地拿着小

---

① 莱昂纳德的姓。

② 法国古代钱币单位。

③ 保罗-亚历克西的母亲。

④ 外祖母埃莉斯的父亲。

⑤ 希腊神话中的三个复仇女神。

⑥ 谢尔省的一个市镇。

⑦ 启示录里的二十四位长老，俯伏在羔羊面前，各拿着琴。

249

竖琴,克拉拉知道,那个老于莫,那个科芒特里①活活把人饿死又自我毁灭的难对付的锻造大师,那个《启示录》里的长老,同时也是夺取儿子眼睛的熔炉,她知道他在身后的债务中收到的这具小尸体,将进一步暗蚀他在其中咆哮了四分之一个世纪的地狱;至于那个哭泣着惊讶不已的欧仁尼,我不知道他的想法:在我姓氏里住着的那些脆弱的居民们,除了他以外我谁都不知道,我只知道他们庸庸碌碌一贫如洗,我知道吵完架的女人们开始梦游,打扫家务,我知道无能为力的男人们逃进酒吧,自吹自擂,一了百了。欧仁尼只能把自己喝醉,温柔缱绻,他温柔地看着窗外泛黄的小麦,回忆过往,他同样也发现了自己富饶的血统,足以催生出这种青涩的死亡。就这样,亚当所有的老儿子们都到了马尔萨克,这时候,步履蹒跚、伤心欲绝的他们也许不约而同地相互拥抱,粗犷的丝绒抵着粗犷的丝绒,菲利克斯小小的、饱含泪水的蓝眼睛对着克拉拉哭干了的、灼热的蓝眼睛;他们厚厚的鞋底踩碎了院中的沙砾,他们来了,穿门而来,那扇门关上了他们公开的秘密和傻乎乎的悲伤,无能的魔法们师围着一个死去的

---

① 阿列省的一个市镇。

孩子。夏日在椴树林间发笑，阴影覆着紧闭的大门，一切正缓缓改变。

然后，到了百合花盛开的季节，学校里的孩子们拿它编织花冠，那令人窒息的白色气味像夏日般堕落，飘满了马尔萨克的教堂，这些恶心的花萼在管风琴的伴奏下散发出甜腻、教士般的香气，与古老墙壁散发出的浓郁霉味混合在一起；小小的棺材航行于乌达玛丽斯（Unda Maris）①式的琴音中……，年轻的农妇靠在独眼大师的怀里，十分虚弱；驼背的埃莉斯；牧师的流程，吃芜菁的听众，这些都说过了；还有一次，马车载着覆满鲜花的小幽灵摇摇晃晃地迷失在众多幽灵之中，夏日冲她笑，金色的蝇群嗡嗡地对她说，在浓荫下，朝着阿雷纳和圣古索的方向，那些创建者和破坏者们，那些道成肉身和劳作者们聚在一块，而莱昂纳德就静静地坐在拉沃的橡树下，他没有抬眼，他在盘算着什么，变成石头的佩鲁树一家在活着的时候就已经是沙坦十字架下的石头了，还有很多其他人，人们在远处一栋整饬的宅子看见一种卡兹藤萝的蓝色，最后是夏特吕，所有的路都通向那里。

---

① 管风琴音栓的一种，也称"波浪式音栓"。

如果无论以何种方式，只要我写下他的名字，莱昂纳德就会在夜间的小路上奔跑，山羊皮袄里晃荡着钱袋，穿梭于拉沃的橡树林和普朗夏的洼地之间；如果他跟那些冷漠的天使打交道，他们在开了膛的卡兹嬉戏，他们无所不知，纵情歌唱；如果他在门槛上丢给他们一把叮当响的路易①，就像我此刻丢出这几行字；如果有一部分的他还活在我身上，就像血缘的故事告诉我们的那样，那么他一定知道接下来发生的事：在百合花盛开后的第三年，安德蕾和埃梅生下了我；再过两年，独眼大师像海盗一样乘桴于海，比那些在"夏特吕"就失败的人走得更远，从此，他以缺席全盘统治，天国的、威严的父亲，为我空洞的人生划下重音，就像《金银岛》②故事里，约翰·西尔弗拖着他的木腿在甲板上走来走去；一九四八年，卡兹的大门在溃逃的菲利克斯身后再一次关上，破旧的朦胧开始腐烂，沙沙的朽声越来越重；埃莉斯和菲利克斯大约在一九七〇年去世；夏特吕的墓地满了，长满苔藓的石阶直到最后审判的那一天前将不再打开，我愿意相信，年轻的、不再驼背的埃莉斯会从坟墓里走出来，怀里抱着一个刚出生的

---

① 法国古代钱币单位。
② 英国小说家斯蒂文斯(1850—1894)的冒险小说。

女婴;也许在圣古索,于同一时刻,我会在帕拉德家族、佩鲁榭家族和其他不具名的鬼魂中站起来,重获年轻,我会知道在有生之年,如何通过那些没有用的夸张的表达,让一点点真相大白于世。与此同时,我的经验差不多就是那个没有语言的死去的孩子的经验:可我没有同天使打过交道。

但我见过她一次,在帕莱索①,一九六三年七月。那时我正准备前往英格兰,一个朋友,一群梦寐以求的姑娘,还有比海峡这边更具韵味的风景在那儿等着我。我被安排住在远房表兄弟的阁楼间,他们是快乐的斯多葛派,是那种能在高速公路之间的草坪上,听着附近奥利机场飞机起飞的轰鸣声享受午餐的人;那时我满怀希望,想拥抱一切。某个午后,我独自在小花园,醉心于光芒万丈的事物:青春伊始,不可估量,红酒和女人带来新的刺激,夏季的天空燃烧着,对我燃烧的欲望开放,而我所欲望的,也的确真实、芬芳、丰沛,比我揉碎的郊区之花还要容易皱;我想拽住天空的一角把它拉向我,连带其中的鲜花

① 巴黎郊区城镇。

和蜃楼,变幻的蔚蓝、高空的飞机和飞机留下的尾迹云,尾迹云在生者的眼睛里同夜空玩耍,天空从玛西①的山坡一直延伸到天黑的伊维特②,我想把它卷成一卷羊皮纸,就像审判日的书痴天使③亲自把它卷起来一样,当一切都写定,普世之作完结,每个人都依自己的作品受审:享受一切,却写下一切,这就是我想要的,我能做到的。群燕翩飞。我在此沉醉中纷乱,眼睛停在:从附近的一个我几乎伸手就能摸到的花园里,有人直直地、专注而坚定地看着我,却随风而动,在紫罗兰和香豌豆上阴影的边缘,一个离夏特吕那么远的地方,她在观察我。真的是她,"死掉的小女孩,在玫瑰花丛后面"④。她就在那里,在我面前,落落大方地站着,沐浴着阳光。她阳寿有十岁,已经长大,没我长得那么快倒是真的,但死者有的是时间耽搁,对他们来说,没有任何对死的狂热欲求可以推着他们往前走。我目光热情地望着她,她也回望我片刻;随后鞋跟一转,小小的裙裾在光亮中起舞,她安静地走

---

① 临近帕莱索的城镇。

② 流经此地的河流,属于塞纳河的支流。

③ 《启示录》里的典故,一位大力的天使,手拿七印封存的书卷,问有谁配展开书卷,揭开封印,此处指他是书痴,具有讽刺意味。

④ 出自兰波《彩图集》中的《童年 II》这首诗。

了,迈着坚定的碎步,走向一栋带阳台的房子;那双认真的小脚踩在人行道的沙子上,我还没听到帆布鞋摩擦的声音——波音飞机起航时巨大的轰鸣,整个大气层都在晃——她就消失了,此时,夏日拥抱着飞机银色的侧翼,天空巨械留下的无形而激昂的尾迹云把她带去公租房后头那高而虚空的天堂,直至身体消失。在那雷鸣般的咆哮中,她关闭了自身的大门。燃烧的玫瑰花丛不曾移动。

我飞去曼彻斯特;那里没什么重要的事;我在那儿第一次开始记笔记,这件事也被我记下。人在稚嫩的年纪总爱夸海口,但这次却不是:我的姐姐,是的,那个孩子在我看到她的那一刻起就以这样的面貌对我显现;我认出了她,然后笃定、静静地叫出她的名字,就像叫出她脚下的紫罗兰和她周身的光;我不知道这是不是灵异,可我却视之为真实,一个穿夏衫的郊区工人的女儿竟然为所有逝者提供了一种身体范式,她借给他们一副身体,好让他们突然群集在空气中,在受伤的心灵里,在纸上,纸上的他们固执地扇动翅膀,敲打门扉,永远都那么好骗,他们会走进来,会存在、欢笑,她们屏住呼吸,颤抖着跟随每一个句子,他们的身体可能就在句尾,但即便这样,他们的翅膀还是太轻了,一个花哨的形容词就吓坏他们,一个不协调的韵律就把他们背叛,他们一溃千里,不断下坠,消失无踪,近乎永恒的回归将他们杀死,他们绝望了,自我埋葬了,再一次连个物件都不如,什么都不是。

或许一种准确的风格减缓了他们的坠落,我的坠落才能更慢一些;或许我的手允许他们在空中与一种形式结合,一种因我个人的紧张而极为短暂的形式;那些几乎没怎么活过也甚少重活一回的生命,或许他们活着,击溃了我,活得比我们还要高还要通透。或许他们已然出现,奇迹一般。没什么能像奇迹那样迷住我。

真的发生过吗? 真的:这种对古风的偏爱,这些风格不逮时出现的多愁善感的捷径,这古朴婉约之意,不就是死者有了翅膀以后,重返纯粹的话语和光明的表达方式吗? 我怕得发抖,怕他们会因此更加暗淡。我们知道,黑暗王子①也是寰宇力量的王;扮演天使正是他的游戏。很好,有一天我会尝试另一种法子。如果我再次出发追逐他们,我会放弃这种死掉的语言,他们可能根本无法在这种语言中认出自己。

然而在寻找他们的过程中,在他们并不沉默的对话

———————

① 死亡的隐喻。

中,我得到了快乐,或许也是他们的快乐;我常常差点就自他们流产的重生中诞生,又总和他们一起死掉;我本想趁着眩晕时刻的最高峰写作,在激动、狂喜或不可思议的恐惧的最高峰写,像个还没开口说话就夭折,消散在夏季的孩子那样写:在一阵难言的强烈悸动中。没有任何力量能决定我一无所成。没有任何力量能决定他们对我的悸动无动于衷。当最后一个清晨的笑声敲醒醉酒的邦迪,虚构的野鹿一跃间把他带走,我绝对在那儿,那么反过来,他的出现为什么就不能是永恒的呢?为什么这一页页要永远消失?消失在我们目睹他献祭的面包里,在他跨上摩托前收拢法袍的果决姿势里,摩托在烈日下轰轰地响,他面露微笑,却难掩悲伤,在公路的风中凌乱,若有所思。我相信那两株白雪一样轻柔的椴树在福柯老爹最后沉默欲语的一瞥中弯下了枝干,我这么相信,或许他也这么希望。愿马尔萨克有个女婴总在出生。愿杜孚尔诺之死因埃莉斯的回忆或虚构变得不那么确凿;愿埃莉斯的死能被这些句子安抚。愿在我虚构的夏日中,他们的冬日会犹豫。愿在卡兹,在本可存在之人的废墟上召开的有翼飞翔的秘密会议中,他们存在。

图书在版编目(CIP)数据

微渺人生/(法)皮埃尔·米雄著;田嘉伟,张何之译.
--上海:华东师范大学出版社,2024

(传记式虚构系列)

ISBN 978 - 7 - 5760 - 5033 - 2

Ⅰ.①微… Ⅱ.①皮…②田…③张… Ⅲ.①传记小
说—法国—现代 Ⅳ.①I565.45

中国国家版本馆 CIP 数据核字(2024)第 102606 号

华东师范大学出版社六点分社

企划人 倪为国

传记式虚构系列

微渺人生

主 编 张何之
著 者 (法)皮埃尔·米雄
译 者 田嘉伟 张何之
责任编辑 高建红 卢 荻
责任校对 古 冈
封面设计 吴元瑛

出版发行 华东师范大学出版社
社 址 上海市中山北路 3663 号 邮编 200062
网 址 www.ecnupress.com.cn
电 话 021 - 60821666 行政传真 021 - 62572105
客服电话 021 - 62865537
门市(邮购)电话 021 - 62869887
地 址 上海市中山北路 3663 号华东师范大学校内先锋路口
网 店 http://hdsdcbs.tmall.com

印 刷 者 上海景条印刷有限公司
开 本 787×1092 1/32
印 张 8.5
字 数 140 千字
版 次 2025 年 4 月第 1 版
印 次 2025 年 4 月第 1 次
书 号 ISBN 978 - 7 - 5760 - 5033 - 2
定 价 68.00 元

出 版 人 王 焰

(如发现本版图书有印订质量问题,请寄回本社客服中心调换或电话 021 - 62865537 联系)